末语 经典

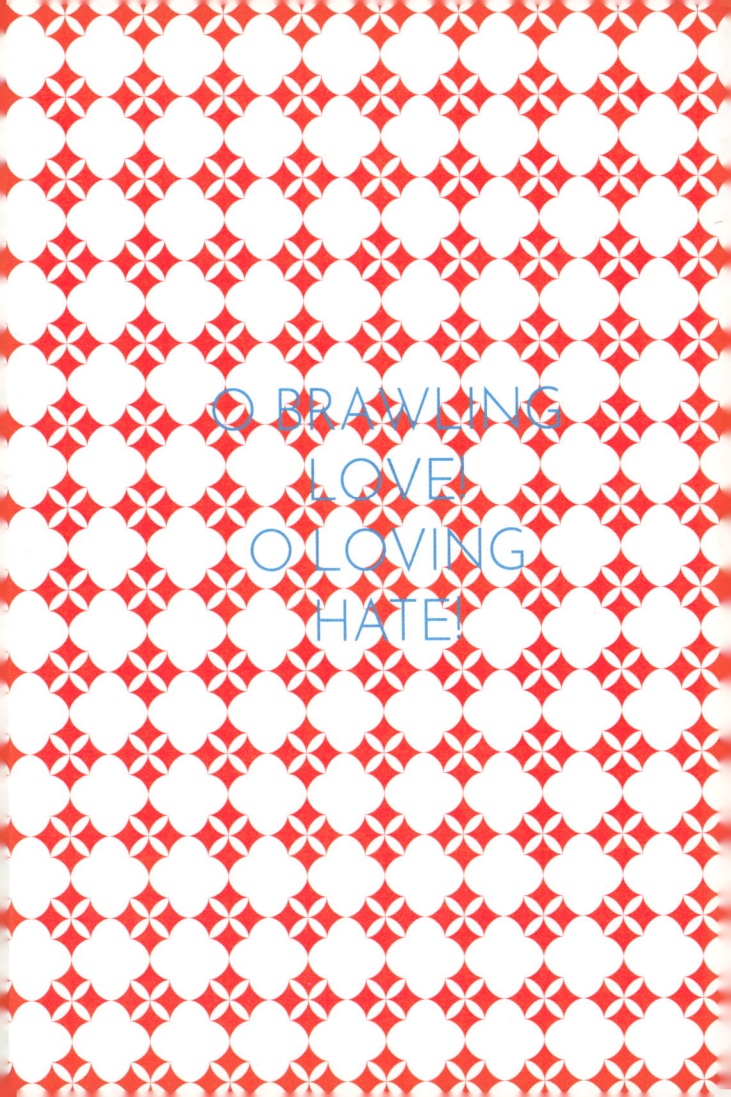

O BRAWLING
LOVE!
O LOVING
HATE!

"吵吵闹闹的相爱，亲亲热热的怨恨！"

ROMEO AND JULIET

UNUS CLASSICS
Shakespeare · 莎士比亚

[英]威廉·莎士比亚 / 著
朱生豪 / 译

罗密欧与朱丽叶

海南出版社
·海口·

图书在版编目（CIP）数据

罗密欧与朱丽叶 /(英) 威廉·莎士比亚著；朱生豪译. -- 海口：海南出版社，2025.3. --（未读经典）. -- ISBN 978-7-5730-2347-6

Ⅰ. I561.33

中国国家版本馆CIP数据核字第2025FH1537号

罗密欧与朱丽叶
LUOMIOU YU ZHULIYE

[英] 威廉·莎士比亚 著　朱生豪 译

责任编辑：	胡守景
执行编辑：	戴慧汝
封面设计：	APT
出版发行：	海南出版社
地　　址：	海南省海口市金盘开发区建设三横路2号
邮　　编：	570216
电　　话：	(0898)66822026
印　　刷：	大厂回族自治县德诚印务有限公司
版　　次：	2025年3月第1版
印　　次：	2025年3月第1次印刷
开　　本：	880 mm × 1230 mm　1/64
印　　张：	3.625
字　　数：	107千字
书　　号：	ISBN 978-7-5730-2347-6
定　　价：	32.00元

本书若有质量问题，请致电（010）52435752。

关注未读好书

客服咨询

未经许可，不得以任何方式
复制或抄袭本书部分或全部内容
版权所有，侵权必究

剧 中 人 物

爱斯卡勒斯 ◊ 维洛那亲王

帕里斯 ◊ 少年贵族,亲王的亲戚

蒙太古 | 互相敌视的两家家长
凯普莱特 |

罗密欧 ◊ 蒙太古之子

茂丘西奥 亲王的亲戚 | 罗密欧的朋友
班伏里奥 蒙太古之侄 |

提伯尔特 ◊ 凯普莱特夫人之内侄

劳伦斯神父 ◊ 法兰西斯派教士

约翰神父 ◊ 与劳伦斯同门的教士

鲍尔萨泽 ◊ 罗密欧的仆人

山普孙 | 凯普莱特的仆人
葛莱古里 |

彼得 ◊ 朱丽叶乳媪的从仆

亚伯拉罕 ◊ 蒙太古的仆人

卖药人

乐工三人

茂丘西奥的侍童

帕里斯的侍童

蒙太古夫人

凯普莱特夫人

朱丽叶 ◊ 凯普莱特之女

朱丽叶的乳媪

维洛那市民；两家男女亲属；
跳舞者、卫士、巡丁及侍从等；致辞者

地　点

维洛那；
第五幕第一场在曼多亚

开 场 诗

致辞者上

故事发生在维洛那名城,
有两家门第相当的巨族,
累世的宿怨激起了新争,
鲜血把市民的白手污渎。
是命运注定这两家仇敌,
生下了一双不幸的恋人,
他们的悲惨凄凉的陨灭,
和解了他们交恶的尊亲。
这一段生生死死的恋爱,
还有那两家父母的嫌隙,

把一对多情的儿女杀害,
演成了今天这一本戏剧。
交代过这几句挈领提纲,
请诸位耐着心细听端详。

下

书名　　　　　　　　作者

我的评分　　　　　　阅读日期
★ ★ ★ ★ ★

最爱金句

我的书评

UNREAD

一起制作 把「未读」变成已读
读书笔记吧!

画下本书封面吧!

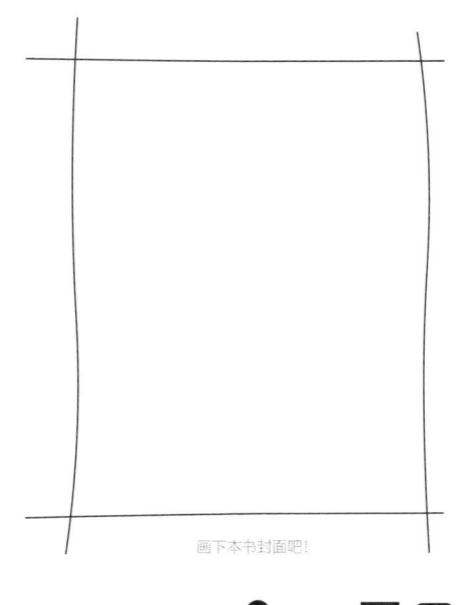

from 未读 → to 已读[99+]

使用说明:
沿虚线裁开本卡片,即可获得1张读书笔记小卡。
填写并收集本卡片,在小红书发笔记可兑换 未读
独家文创。 卡片数量越多, 文创越是重磅。

注「未读」, 未读之书, 未经之旅。一个不甘于
平庸, 富有探索与创新精神的综合文化品牌,
为读者提供有趣、 实用、 涨知识的新鲜阅读。

扫码或搜索关注小红书
@未读Unread 查看活动详情

本活动最终解释权归「未读」所有

第一幕
ACT I

❖

LOVE IS A SMOKE RAISED WITH
THE FUME OF SIGHS;
BEING PURGED, A FIRE
SPARKLING IN LOVERS' EYES;
BEING VEXED, A SEA NOURISHED
WITH LOVERS' TEARS.

爱情是叹息吹起的一阵烟；
恋人的眼中有它净化了的火星；
恋人的眼泪是它激起的波涛。

第 一 场

维洛那。广场

山普孙及葛莱古里各持盾剑上

山普孙　葛莱古里,咱们可真的不能让人家当作苦力一样欺侮。

葛莱古里　对了,咱们不是可以随便给人欺侮的。

山普孙　我说,咱们要是发起脾气来,就会拔剑动武。

葛莱古里　对了,你可不要把脖子缩到领口里去。

山普孙　我一动性子,我的剑是不认人的。

葛莱古里　可是你不大容易动性子。

山普孙　　我见了蒙太古家的狗子就生气。

葛莱古里　有胆量的,生了气就应当站住不动;逃跑的不是好汉。

山普孙　　我见了他们家里的狗子,就会站住不动;蒙太古家里任何男女碰到了我,就像是碰到墙壁一样。

葛莱古里　这正说明你是个软弱无能的奴才;只有最没出息的家伙,才会去墙底下躲难。

山普孙　　的确不错;所以生来软弱的女人,就老是被人逼得不能动。我见了蒙太古家里的人来,是男人我就把他们从墙边推出去,是女人我就把她们往墙壁摔过去。

葛莱古里　吵架是咱们两家主仆男人们的事,与她们女人有什么相干?

山普孙　　那我不管,我要做一个杀人不眨眼的魔王;一面跟男人们打架,一面对娘儿们也不留情面,我要她们的命。

葛莱古里　要娘儿们的性命吗?

山普孙　　对了,娘儿们的性命,或是她们视同性命

|的童贞,你爱怎么说就怎么说。
葛莱古里　那就要看对方怎样感觉了。
山普孙　只要我下手,她们就会尝到我的辣手:我可是出了名的一身横肉呢。
葛莱古里　幸而你还不是一身鱼肉,否则你便是一条可怜虫了。拔出你的家伙来,有两个蒙太古家的人来啦。

亚伯拉罕及鲍尔萨泽上

山普孙　我的剑已经出鞘;你去跟他们吵起来,我就在你背后帮你的忙。
葛莱古里　怎么?你想转过背逃走吗?
山普孙　你放心吧,我不是那样的人。
葛莱古里　哼,我倒有点不放心!
山普孙　还是让他们先动手,打起官司来也是咱们的理直。
葛莱古里　我走过去向他们横个白眼,瞧他们怎么样。
山普孙　好,瞧他们有没有胆量。我要向他们咬我的拇指,瞧他们能不能忍受这样的侮辱。

亚伯拉罕　你向我们咬你的拇指吗？

山普孙　我是咬我的拇指。

亚伯拉罕　你是向我们咬你的拇指吗？

山普孙　[向葛莱古里旁白]要是我说是，那么打起官司来是谁的理直？

葛莱古里　[向山普孙旁白]是他们的理直。

山普孙　不，我不是向你们咬我的拇指；可是我是咬我的拇指。

葛莱古里　你是要向我们挑衅吗？

亚伯拉罕　挑衅！不，哪儿的话。

山普孙　你要是想跟我们吵架，那么我可以奉陪；你也是你家主子的奴才，我也是我家主子的奴才，难道我家的主子就比不上你家的主子？

亚伯拉罕　比不上。

山普孙　好。

葛莱古里　[向山普孙旁白]说"比得上"；我家老爷的一位亲戚来了。

山普孙　　比得上。

亚伯拉罕　　你胡说。

山普孙　　是汉子就拔出剑来。葛莱古里,别忘了你的撒手锏。[双方互斗]

班伏里奥上

班伏里奥　　分开,蠢材!收起你们的剑;你们不知道自己在干些什么事。[击下众仆的剑]

提伯尔特上

提伯尔特　　怎么!你跟这些不中用的奴才吵架吗?过来,班伏里奥,让我结果你的性命。

班伏里奥　　我不过维持和平;收起你的剑,或者帮我分开这些人。

提伯尔特　　什么!你拔出了剑,还说什么和平?我痛恨这两个字,就跟我痛恨地狱、痛恨所有蒙太古家的人和你一样。看剑,懦夫!

[二人相斗]

两家各有若干人上,加入争斗;

一群市民持枪棍继上

众市民　　打!打!打!把他们打下来!打倒凯普

莱特!打倒蒙太古!

凯普莱特穿长袍与凯普莱特

夫人同上

凯普莱特 什么事吵成这个样子?喂!把我的长剑拿来。

凯普莱特夫人 拐杖呢?拐杖呢?你要剑干什么?

凯普莱特 快拿剑来!蒙太古那老东西来啦;他还晃着他的剑,明明在跟我寻事。

蒙太古及蒙太古夫人上

蒙太古 凯普莱特,你这奸贼!——别拉住我,让我走。

蒙太古夫人 你要去跟人家吵架,我连一步也不让你走。

亲王率侍从上

亲王 目无法纪的臣民,扰乱治安的罪人,你们的刀剑都被你们邻人的血玷污了。——他们不听我的话吗?喂,听着!你们这些人,你们这些畜生,你们为了扑灭你们怨毒的怒焰,不惜让殷红的泉流从你们的血管里喷涌出来；你们要是畏惧刑法，赶快从你们血腥的手里丢下你们的凶器，静听你们震怒的君王的判决。凯普莱特、蒙太古，你们已经三次为了一句口头上的空言，引起市民的械斗，扰乱了我们街道上的安宁，害得维洛那的年老公民也不能不脱下他们尊严的装束，在他们习于安乐的苍老衰弱的手里夺过古旧的长枪，分解你们溃烂的纷争。要是你们以后再在市街上闹事，就要把你们的生命作为扰乱治安的代价。现在别人都给我退下去；凯普莱特，你跟我来；蒙太古，你今天下午到自由村的审判厅里来，听候我对今天这一案的宣判。大家散开去，倘有逗留不去的，格杀勿论！

除蒙太古夫妇及班伏里奥外
皆下

蒙太古　这一场宿怨是谁在重新煽风点火？侄

儿，对我说，他们动手的时候，你也在场吗？

班伏里奥　我还没有到这儿来，您仇家的仆人跟您们家里的仆人已经打成一团了。我拔出剑来分开他们；就在这时候，那个性如烈火的提伯尔特提着剑来了，他对我出言不逊，把剑在他自己头上舞得嗖嗖直响，就像风在那儿讥笑他的装腔作势一样。当我们正在剑来剑往的时候，人越来越多，有的帮这一面，有的帮那一面，乱哄哄地互相争斗，直等亲王来了，方才把两边的人喝开。

蒙太古夫人　啊，罗密欧呢？你今天见过他吗？我很高兴他没有参加这场争斗。

班伏里奥　伯母，在尊贵的太阳开始从东方的黄金窗里探出头来的一小时以前，我因为心中烦闷，到郊外去散步，在城西一丛枫树的下面，我看见罗密欧兄弟一早在那儿走来走去。我正要向他走过去，他已经看见了我,就躲到树林深处去了。我因为自己也是心灰意懒,觉得连自己这一身也是多余的,只想找一处没有人迹的地方,所以凭着自己的心境推测别人的心境,也就不去找他多事,彼此互相避开了。

蒙太古　　好多天的早上曾经有人在那边看见过他,他用眼泪洒为清晨的露水,用长叹嘘成天空的云雾;可是一等到鼓舞众生的太阳在东方的天边开始揭起黎明女神床上灰黑色帐幕的时候,我那怀着一颗沉重的心的儿子就逃避了光明,溜回到家里,一个人关起门躲在房间里,闭紧了窗子,把大好的阳光锁在外面,为他自己造了一个人工的黑夜。他这种怪脾气恐怕不是好兆头,除非良言劝告可以替他解除心头的烦恼。

班伏里奥　　伯父,您知道他烦恼的根源吗?

蒙太古　　我不知道,也没有法子从他自己嘴里探

|||||||听出来。

班伏里奥 您有没有设法探问过他?

蒙太古 我自己以及许多其他的朋友都曾经探问过他,可是他把心事一股脑儿闷在自己肚里,总是守口如瓶,不让人家试探出来,正像一朵初生的蓓蕾,还没有迎风舒展它的嫩瓣,向太阳献吐它的娇艳,就给妒忌的蛀虫咬啮了一样。只要能够知道他的悲哀究竟是从什么地方来的,我们一定会尽心竭力替他找寻治疗的方案。

班伏里奥 瞧,他来了;请您站在一旁,等我去问问他究竟有些什么心事,看他理不理我。

蒙太古 但愿你留在这儿,能够听到他的真情的吐露。来,夫人,我们去吧。

蒙太古夫妇同下

罗密欧上

班伏里奥 早安,兄弟。

罗密欧 天还是这样早吗?

班伏里奥	刚敲过九点钟。
罗密欧	唉！在悲哀里度过的时间似乎是格外长的。急忙忙地走过去的那个人，不就是我的父亲吗？
班伏里奥	正是。什么悲哀使罗密欧的时间过得这样长？
罗密欧	因为我缺少可以使时间变得短促的东西。
班伏里奥	你跌进恋爱的网里了吗？
罗密欧	我还在门外徘徊——
班伏里奥	在恋爱的门外？
罗密欧	我不能得到我意中人的欢心。
班伏里奥	唉！想不到爱神的外表这样温柔，实际上却是如此残暴！
罗密欧	唉！想不到爱神蒙着眼睛，却会一直闯进人们的心灵！我们在什么地方吃饭？哎哟！又是谁在这儿打过架了？可是不必告诉我，我早就知道了。这些都是怨恨造成的后果，可是爱情的力量比它要大过许多。啊，吵吵闹闹的相爱，

亲亲热热的怨恨！啊，无中生有的一切！啊，沉重的轻浮，严肃的狂妄，整齐的混乱，铅铸的羽毛，光明的烟雾，寒冷的火焰，憔悴的健康，永远觉醒的睡眠，否定的存在！我感觉到的爱情正是这么一种东西，可是我并不喜爱这种爱情。你不会笑我吗？

班伏里奥　不，兄弟，我倒是有点儿想哭。

罗密欧　好人，为什么呢？

班伏里奥　因为瞧着你善良的心受到这样的痛苦。

罗密欧　唉！这就是爱情的错误，我自己已经有太多的忧愁重压在我的心头，你对我表示的同情徒然使我在太多的忧愁之上再加上一重忧愁。爱情是叹息吹起的一阵烟；恋人的眼中有它净化了的火星；恋人的眼泪是它激起的波涛。它又是最智慧的疯狂，哽喉的苦味，吃不到嘴的蜜糖。再见，兄弟。［欲去］

班伏里奥　且慢，让我跟你一块儿去；要是你就这样丢下我，未免太不给我面子啦。

罗密欧 嘿！我已经遗失了我自己；我不在这儿；这不是罗密欧，他在别的地方。

班伏里奥 老实告诉我，你所爱的是谁？

罗密欧 什么！你要我在痛苦呻吟中说出她的名字来吗？

班伏里奥 痛苦呻吟！不，你只要告诉我她是谁就得了。

罗密欧 叫一个病人郑重其事地立起遗嘱来！啊，对于一个病重的人，还有什么比这更刺痛他的心？老实对你说，兄弟，我是爱上了一个女人。

班伏里奥 我说你一定在恋爱，果然猜得不错。

罗密欧 好一个每发必中的射手！我所爱的是一位美貌的姑娘。

班伏里奥 好兄弟，目标越好，射得越准。

罗密欧 你这一箭就射岔了。丘比特的金箭不能射中她的心；她有狄安娜女神的圣洁，不让爱情软弱的弓矢损害她坚不可破的贞操。她不愿听任深怜密爱的词句把她包围，也不愿让灼灼逼人的眼光向她进攻，更不愿接受可以使圣人动心的黄金的诱惑；啊！美貌便是她巨大的财富，只可惜她一死以后，她的美貌也要化为黄土！

班伏里奥 那么她已经立誓终身守贞不嫁了吗？

罗密欧 她已经立下了这样的誓言，为了珍惜她自己，造成了莫大的浪费；因为她让美貌在无情的岁月中日渐枯萎，不知道替后世传留下她的绝世容华。她是个太美丽、太聪明的人儿，不应该剥夺她自身的幸福，使我抱恨终天。她已经立誓割舍爱情，我现在活着也就等于死去一般。

班伏里奥 听我的劝告，别再想起她了。

罗密欧 啊！那么你教我怎样忘记吧。

班伏里奥 你可以放纵你的眼睛，让它们多看几个世间的美人。

罗密欧　　那不过格外使我觉得她的美艳无双罢了。那些吻着美人娇额的幸运的面罩,出于它们是黑色的缘故,常常使我们想起被它们遮掩的面庞不知多么娇丽。突然盲目的人永远不会忘记存留在他消失了的视觉中的宝贵的影像。给我看一个姿容绝代的美人,她的美貌除了使我记起世上有一个人比她更美以外,还有什么别的用处?再见,你不能教我怎样忘记。

班伏里奥　　我一定要证明我的意见不错,否则死不瞑目。

　　　　　　　　　　　　　　　同下

第 二 场

同前。街道

凯普莱特、帕里斯及仆人上

凯普莱特 可是蒙太古也负着跟我同样的责任;我想像我们这样有了年纪的人,维持和平还不是难事。

帕里斯 你们两家都是很有名望的大族,结下了这样不解的冤仇,真是一件不幸的事。可是,老伯,您对于我的求婚有什么见教?

凯普莱特 我的意思早就对您表示过了。我的女儿今年还没有满十四岁,完全是一个不懂事的孩子;再过两个夏天,才可以谈到亲事。

帕里斯 比她年纪更小的人,都已经做了幸福的母亲了。

凯普莱特 早结果的树木一定早凋。我在这世上已经什么希望都没有了,只有她是我唯一的安慰。可是,向她求爱吧,善良的帕里斯,得到她的欢心;只要她愿意,我的同意是没有问题的。今天晚上,我要按照旧例举行一次宴会,邀请许多亲友参加;您也是我所要邀请的一个,请您接受我最诚意的欢迎。在我的寒舍里,今晚您可以见到灿烂的群星翩然下降,照亮黑暗的天空;在蓓蕾一样娇艳的女郎丛里,您可以充分享受青春的愉快,正像盛装的四月追随着残冬的足迹降临人世,在年轻人的心里充满着活跃的欢欣一样。您可以听个够，看个饱，从许多美貌的女郎中间，连我的女儿也在内，拣一个最好的做您的意中人。来，跟我去。[以一纸交仆]你到维洛那全城去走一圈，按着这单子上一个一个的名字去找人，请他们到我的家里来。

凯普莱特、帕里斯同下

仆人　按着这单子上的名字去找人！人家说，鞋匠应专注于尺码，裁缝应专注于楦头、渔夫应专注在笔头，而画师应专注在网上，各人有各人的职司①；可是我们的老爷却叫我按着这单子上的名字去找人，我怎么知道写字的人在这上面写了些什么？我一定要找个识字的人。来得正好。

班伏里奥及罗密欧上

班伏里奥　不，兄弟，新的火焰可以把旧的火焰扑灭，大的苦痛可以使小的苦痛减轻；头晕目眩的时候，只要转身向后；一桩绝望的忧伤也可以用另一桩烦恼把它驱除。给你的眼睛找一个新的迷惑,你原来的痼疾就可以豁然脱体。

罗密欧　你的药草只好医治——

班伏里奥　医治什么?

罗密欧　医治你跌伤的胫骨。

班伏里奥　怎么,罗密欧,你疯了吗?

罗密欧　我没有疯,可是比疯人更不自由;关在牢狱里,不进饮食,挨受着鞭挞和酷刑——晚安,好朋友!

仆人　晚安! 请问先生,您念过书吗?

罗密欧　是的,这是我的不幸中的资产。

仆人　也许您只会背诵;可是,请问您会不会看着字一个一个地念?

罗密欧　我认得的字,我就会念。

仆人　您说得很老实;愿您一生快乐! ［欲去］

罗密欧　等一等,朋友;我会念。"玛丁诺先生暨夫人及诸位令爱;安赛尔美伯爵及诸位令妹;寡居之维特鲁维奥夫人;

帕拉森西奥先生及诸位令侄女；茂丘西奥及其令弟凡伦丁；凯普莱特叔父暨婶母及诸位贤妹；罗瑟琳贤侄女；里维娅；伐伦西奥先生及其令表弟提伯尔特；路西奥及活泼之海丽娜。"好一群名士贤媛！请他们到什么地方去？

仆人　　到——

罗密欧　　哪里？

仆人　　到我们家里吃饭去。

罗密欧　　谁的家里？

仆人　　我主人的家里。

罗密欧　　对了，我该先问你的主人是谁才是。

仆人　　您也不用问了，我就告诉您吧。我的主人就是那个有财有势的凯普莱特；要是您不是蒙太古家里的人，请您也来跟我们喝一杯酒，愿您一生快乐！

下

班伏里奥　　在这个凯普莱特家里按照旧例举行的

宴会中间，你所热恋的美人罗瑟琳也要跟着维洛那城里所有的绝色名媛一同去赴宴。你也到那儿去吧，用不带成见的眼光把她的容貌跟别人比较比较，你就可以知道你的天鹅不过是一只乌鸦罢了。

罗密欧 要是我的虔敬的眼睛会相信这种谬误的幻象，那么让眼泪变成火焰，把这一双罪状昭著的异教邪徒烧成灰烬吧！比我的爱人还美！烛照万物的太阳自有天地以来，也不曾看见过一个可以和她媲美的人。

班伏里奥 嘿！你看见她的时候，因为没有别人在旁边，你的两只眼睛里只有她一个人，所以你以为她是美丽的；可是在你那水晶的天秤里，要是把你的恋人跟另外一个我可以在这宴会里指点给你看的美貌的姑娘同时较量起来，那么她现在虽然仪态万方，那时候就要自惭形秽了。

罗密欧 我倒要去这一次;不是去看你所说的美人,只要看看我自己的爱人怎样大放光彩,我就心满意足了。

同下

第 三 场

同前。凯普莱特家中一室

凯普莱特夫人及乳媪上

凯普莱特夫人 奶妈,我的女儿呢?叫她出来见我。

乳媪 凭着我十二岁时候的童贞发誓,我早就叫过她了。喂,小绵羊!喂,小鸟儿!上帝保佑!这孩子到什么地方去啦?喂,朱丽叶!

朱丽叶上

朱丽叶 什么事?谁叫我?

乳媪 你的母亲。

朱丽叶　　　　　母亲，我来了。您有什么吩咐？

凯普莱特夫人　　是这么一件事。奶妈，你出去一会儿。我们要谈些秘密的话。——奶妈，你回来吧；我想起来了，你也应当听听我们的谈话。你知道我的女儿年纪也不算怎么小啦。

乳媪　　　　　　对啊，我把她的生辰记得清清楚楚的。

凯普莱特夫人　　她现在还不满十四岁。

乳媪　　　　　　我可以用我的十四颗牙齿打赌——唉，说来伤心，我的牙齿掉得只剩四颗啦！——她还没有满十四岁呢。现在离收获节②还有多久？

凯普莱特夫人　　两个星期多一点。

乳媪　　　　　　不多不少，不先不后，到收获节的晚上她才满十四岁。苏珊跟她同年——上帝安息一切基督徒的灵魂！唉！苏珊是跟上帝在一起啦，我命里不该有这样一个孩子。可是我说过的，到收获节的晚上，她就要满十四岁啦；正是，一点不错,我记得清清楚楚的。自从地震那一年到现在,已经十一年啦;那时候她已经断了奶,我永远不会忘记,不先不后,刚巧在那一天;因为我在那时候用艾叶涂在奶头上,坐在鸽棚下面晒着太阳;老爷跟您那时候都在曼多亚。瞧,我的记性可不算坏。可是我说的,她一尝到我奶头上的艾叶的味道,觉得变苦啦,哎哟,这可爱的小傻瓜!她就发起脾气来,把奶头甩开啦。那时候地震,鸽棚都在摇动呢:这个说来话长,算来也有十一年啦;后来她就慢慢地会一个人站得直挺挺的,还会摇呀摆地到处乱跑,就是在她跌破额角的那一天,我那去世的丈夫——上帝安息他的灵魂!他是个喜欢说说笑笑的人——把这孩子抱了起来。"啊!"他说,"你往前扑了吗?等你年纪一大,你就要往后仰了;是不是呀,朱丽叶？"谁知道这个可爱的坏东西忽然停住了哭声，说："嗯。"哎哟，真把人都笑死了！要是我活到一千岁，我也不会忘记这句话。"是不是呀，朱丽叶？"他说。这可爱的小傻瓜就停住了哭声，说："嗯。"

凯普莱特夫人 得了得了，请你别说下去了吧。

乳媪 是，太太。可是我一想到她会停住了哭说"嗯"，就禁不住笑起来。不说假话，她额角上肿起了像小雄鸡的睾丸那么大的一个包哩；她痛得放声大哭；"啊！"我的丈夫说，"你往前扑了吗？等你年纪一大，你就要往后仰了；是不是呀，朱丽叶？"她就停住了哭声，说："嗯。"

朱丽叶 我说，奶妈，你也可以停住嘴了。

乳媪 好，我不说啦，我不说啦。上帝保佑你！你是在我手里抚养长大的一个最可爱的小宝贝；要是我能够活到有一天瞧着

	你嫁出去，也算了结我的一桩心愿啦。
凯普莱特夫人	是呀，我现在就是要谈她的亲事。朱丽叶，我的孩子，告诉我，要是现在把你嫁了出去，你觉得怎么样？
朱丽叶	这是我做梦也没有想到过的一件荣誉。
乳媪	一件荣誉！倘不是你只有我这一个奶妈，我一定要说你的聪明是从奶头上得来的。
凯普莱特夫人	好，现在你把婚姻问题考虑考虑吧。在这维洛那城里，比你再年轻点儿的千金小姐们都已经做了母亲啦。就拿我来说吧，我在你现在这样的年纪也已经生下了你。废话用不着多说，少年英俊的帕里斯已经来向你求过婚啦。
乳媪	真是一位好官人，小姐！像这样的一个男人，小姐，真是天下少有。哎哟！他真是一位十全十美的好郎君。
凯普莱特夫人	维洛那的夏天找不到这样一朵好花。
乳媪	是啊，他是一朵花，真是一朵好花。

凯普莱特夫人　你怎么说?你能不能喜欢这个绅士?今晚上在我们家里的宴会上,你就可以看见他。从年轻的帕里斯的脸上,你可以读到用秀美的笔写成的迷人诗句;一根根齐整的线条交织成整个一幅谐和的图画;要是你想探索这一卷美好书中的奥秘,在他的眼角上可以找到微妙的诠释。这本珍贵的恋爱经典,只缺少一帧可以使它相得益彰的封面;正像游鱼需要活水,美妙的内容也少不了美妙的外表陪衬。记载着金科玉律的宝籍锁合在漆金的封面里,它的辉煌富丽为众目所共见;要是你做了他的封面,那么他所有的一切都属于你所有了。

乳媪　何止如此!我们女人有了男人就富足了。

凯普莱特夫人　简简单单地回答我,你能够接受帕里斯的爱吗?

朱丽叶　要是我看见他以后,能够产生好感,那么我是准备喜欢他的。可是我的眼光的飞箭倘然没有得到您的允许,是不敢大胆发射出去的呢。

一仆人上

仆人　太太,客人都来了,餐席已经摆好了,请您跟小姐快些出去。大家在厨房里埋怨着奶妈,什么都乱成一团。我要侍候客人去;请您马上就来。

凯普莱特夫人　我们就来了。朱丽叶,那伯爵在等着呢。

乳媪　去,孩子,快去找天天欢乐、夜夜良宵。

同下

第 四 场

同前。街道

罗密欧、茂丘西奥、班伏里奥

及五六人或戴假面或持火炬上

罗密欧 怎么!我们就用这一番话作为我们的进身之阶呢,还是就这么昂然直入,不说一句道歉的话?

班伏里奥 这种虚文俗套现在早就不流行了。我们用不着蒙着眼睛的丘比特,背着一张花漆的木弓,像个稻草人似的去吓那些娘儿们;也用不着跟着提示的人一

|||句一句念那从书上默诵出来的登场白；随他们把我们认作什么人，我们只要跳完一回舞，走了就完啦。

罗密欧　　给我一个火炬，我不高兴跳舞。我的阴沉的心需要光明。

茂丘西奥　不，好罗密欧，我们一定要你陪着我们跳舞。

罗密欧　　我实在不能跳。你们都有轻快的舞鞋；我只有一个铅一样重的灵魂，把我的身体紧紧地钉在地上，使我的脚步不能移动。

茂丘西奥　你是一个恋人，你就借着丘比特的翅膀，高高地飞起来吧。

罗密欧　　他的羽镞已经穿透我的胸膛，我不能借着他的羽翼高翔；他束缚住了我整个的灵魂，爱的重担压得我向下坠沉，跳不出烦恼去。

茂丘西奥　爱是一件温柔的东西，要是你拖着它一起沉下去，那未免太难为它了。

罗密欧　爱是温柔的吗？它太粗暴、太专横、太野蛮了；它像荆棘一样刺人。

茂丘西奥　要是爱情虐待了你，你也可以虐待爱情；它刺痛了你，你也可以刺痛它；这样你就可以战胜爱情了。给我一个面具，让我把我的尊容藏起来；［戴假面］哎哟，好难看的鬼脸！再给我拿一个面具来把它罩住吧。也罢，就让人家笑我丑，也有这一张鬼脸替我遮羞。

班伏里奥　来，敲门进去；大家一进门，就跳起舞来。

罗密欧　拿一个火炬给我。让那些无忧无虑的公子哥儿去卖弄他们的舞步吧；莫怪我说句老气横秋的话，我对于这种玩意儿实在敬谢不敏，还是做个壁上旁观的人吧。

茂丘西奥　胡说！要是你已经没头没脑深陷在恋爱的泥沼里——恕我说这样的话——那么我们一定要拉你出来。来来来，我

	们别白昼点灯,浪费光阴啦!
罗密欧	我们并没有白昼点灯。
茂丘西奥	我的意思是说,我们耽误时光,好比白昼点灯一样。请理解我们的好意,因为我们的判断力远比我们的五个官能敏锐五倍。
罗密欧	我们去参加他们的舞会也无恶意,只怕不是一件聪明的事。
茂丘西奥	为什么?请问。
罗密欧	昨天晚上我做了一个梦。
茂丘西奥	我也做了一个梦。
罗密欧	好,你做了什么梦?
茂丘西奥	我梦见做梦的人老是说谎。
罗密欧	一个人在睡梦里往往可以见到真实的事情。
茂丘西奥	啊!那么一定是春梦婆来望过你了。
班伏里奥	春梦婆!她是谁?
茂丘西奥	她是精灵们的稳婆;她的身体只有郡吏手指上一颗玛瑙么大;几匹蚂蚁大

小的细马替她拖着车子,越过酣睡的人们的鼻梁,她的车辐是用蜘蛛的长脚做成的;车篷是蚱蜢的翅膀;挽索是小蜘蛛丝,颈带如水的月光;马鞭是蟋蟀的骨头;缰绳是天际的游丝。替她驾车的是一只小小的灰色蚊虫,它的大小还不及从一个贪懒丫头的指尖上挑出来的懒虫的一半。她的车子是野蚕用一个榛子的空壳替她造成的,它们从古以来就是精灵们的车匠。她每夜驱着这样的车子,穿过情人们的脑中,他们就会在梦里谈情说爱;经过官员们的膝上,他们就会在梦里打躬作揖;经过律师们的手指,他们就会在梦里伸手讨讼费;经过娘儿们的嘴唇,她们就会在梦里跟人家接吻,可是因为春梦婆讨厌她们嘴里吐出来的糖果的气息,往往罚她们满嘴长水疱。有时奔驰过廷臣的鼻子,他就会在梦里寻找好差事；有时她从捐献给教会的猪身上拔下它的尾巴来，撩拨着一个牧师的鼻孔，他就会梦见自己又领到一份俸禄；有时她绕过一个兵士的颈项，他就会梦见杀敌人的头，进攻、埋伏、锐利的剑锋、淋漓的痛饮，忽然被耳边的鼓声惊醒，咒骂了几句，又翻了个身睡去了。就是这个春梦婆在夜里把马鬣打成了辫子，把懒女人龌龊的乱发烘成一处处胶粘的硬块，倘然把它们梳通了，就要遭逢祸事；就是这个婆子在人家女孩子们仰面睡觉的时候，压在她们的身上，教会她们怎样养儿子；就是她——

罗密欧　　得啦，得啦，茂丘西奥，别说啦！你全然在那儿痴人说梦。

茂丘西奥　　对了，梦本来是痴人脑中的胡思乱想；它的本质像空气一样稀薄；它的变化莫测就像一阵风，刚才还在向着冰雪

|||的北方求爱，忽然发起恼来，一转身又到雨露的南方来了。

班伏里奥 你讲起的这一阵风，不知把我们自己吹到哪儿去了。人家晚饭都用过了，我们进去怕要太晚啦。

罗密欧 我怕也许是太早了；我仿佛觉得有一种不可知的命运将要从我们今天晚上的狂欢开始它恐怖的统治，我这可憎恨的生命将要遭遇残酷的夭折而告一结束。可是让支配我的前途的上帝指导我的行动吧！前进，快活的朋友们！

班伏里奥 来，把鼓擂起来。

同下

第 五 场

同前。凯普莱特家中厅堂

乐工各持乐器等候；众仆上

仆甲 卜得潘呢？他怎么不来帮忙把这些盘子拿下去？他不愿意搬碟子！他不愿意揩砧板！

仆乙 一切事情都交给一两个人管，叫他们连洗手的工夫都没有，这真糟糕！

仆甲 把折凳拿进去，把食器架搬开，留心打碎盘子。好兄弟，留一块杏仁酥给我；谢谢你去叫那管门的让苏珊跟耐儿进来。安东尼！卜得潘！

仆乙 哦，兄弟，我在这儿。

仆甲 里头在找你，叫你，问你，到处寻你。

仆丙 我们可没有分身术呀。

仆乙 来，孩子们，大家出力！[众仆退后]

凯普莱特、朱丽叶及其家族等

自一方上；众宾客及假面跳舞

者等自另一方上，相遇

凯普莱特 诸位朋友，欢迎欢迎！足趾上不生茧子的小姐太太们要跟你们跳一回舞呢。啊哈！我的小姐们，你们中间现在有什么人不愿意跳舞？我可以发誓，谁要是推三阻四的，一定脚上长着老大的茧子；果然给我猜中了吗？诸位朋友，欢迎欢迎！我从前也曾经戴过假面，在一个标致姑娘的耳朵旁边讲些使得她心花怒放的话儿；这种时代现在是过去了，过去了，过去了。诸位朋友，欢迎欢迎！来，乐工们，奏起音乐来吧。站开些！站开些！让出地方来。姑娘们，跳起来吧。[奏乐；众人开始跳舞] 浑蛋，把灯点亮一点，把桌子一起搬掉，把火炉熄了，这屋子里太热啦。啊，好小子！这才玩得有兴。啊！请坐，请坐，好兄弟，我们两人现在是跳不起来了；您还记得我们最后一次戴着假面跳舞是在什么时候？

凯普莱特族人　这话说来也有三十年啦。

凯普莱特　什么，兄弟！没有这么久，没有这么久；那是在路森修结婚的那年，大概离现在有二十五年模样，我们曾经跳过一次。

凯普莱特族人　不止了，不止了；大哥，他的儿子也有三十岁啦。

凯普莱特　我难道不知道吗？他的儿子两年以前还没有成年哩。

罗密欧　搀着那位骑士的手的那位小姐是谁？

仆人　我不知道，先生。

罗密欧　　啊！火炬远不及她的明亮；
　　　　　她皎然悬在暮天的颊上，
　　　　　像黑奴耳边璀璨的珠环；
　　　　　她是天上明珠降落人间！
　　　　　瞧她随着女伴进退周旋，
　　　　　像鸦群中一只白鸽蹁跹。
　　　　　我要等舞阑后追随左右，
　　　　　握一握她那纤纤的素手。
　　　　　我从前的恋爱是假非真，
　　　　　今晚才遇见绝世的佳人！

提伯尔特　听这个人的声音，好像是一个蒙太古家里的人。孩子，拿我的剑来。哼！这不知死活的奴才，竟敢套着一个鬼脸，到这儿来嘲笑我们的盛会吗？为了保持凯普莱特家族的光荣，我把他杀死了也不算罪过。

凯普莱特　哎哟，怎么，侄儿！你怎么动起怒来啦？

提伯尔特　姑父，这是我们的仇家蒙太古里的人；这贼子今天晚上到这儿来，一定不怀好意，存心来捣乱我们的盛会。

凯普莱特　他是罗密欧那小子吗？

提伯尔特　正是他，正是罗密欧这小杂种。

凯普莱特　别生气，好侄儿，让他去吧。瞧他的举动倒也规规矩矩；说句老实话，在维洛那城里，他也算得一个品行很好的青年。我无论如何不愿意在我自己的家里跟他闹事。你还是耐着性子，别理他吧。我的意思就是这样，你要是听我的话，赶快收下怒容，和和气气的，不要打断大家的兴致。

提伯尔特　这样一个贼子也来做我们的宾客，我怎么不生气？我不能容他在这儿放肆。

凯普莱特　不容也得容；哼，目无尊长的孩子！我偏要容他。嘿！谁是这里的主人？是你还是我？嘿！你容不得他！什么话！你要当着这些客人的面吵闹吗？你不服气！你要充好汉！

提伯尔特　姑父，咱们不能忍受这样的耻辱。

凯普莱特 得啦，得啦，你真是一点规矩都不懂。——是真的吗？你也许不喜欢这个调调儿。——我知道你一定要跟我闹别扭！——说得很好，我的好人儿！——你是个放肆的孩子；去，别闹！不然的话——把灯再点亮些！把灯再点亮些！——不害臊的！我要叫你闭嘴。——啊！痛痛快快地玩一下，我的好人儿们！

提伯尔特 我这满腔怒火偏给他浇下一盆冷水，好教我气得浑身哆嗦。我且退下去；可是今天由他闯进了咱们的屋子，看他总会有一天得意反成后悔。

　　　　　　　　　　　　　　　　　下

罗密欧 ［向朱丽叶］

要是我这俗手上的尘污
亵渎了你的神圣的庙宇，
这两片嘴唇，含羞的信徒，
愿意用一吻乞求你宥恕。

朱丽叶 信徒,莫把你的手儿侮辱,

这样才是最虔诚的礼敬;

神明的手本许信徒接触,

掌心的密合远胜于亲吻。

罗密欧 生下了嘴唇有什么用处?

朱丽叶 信徒的嘴唇要祷告神明。

罗密欧 那么我要祷求你的允许,

让手的工作交给了嘴唇。

朱丽叶 你的祷告已蒙神明允准。

罗密欧 神明,请容我把殊恩受领。[吻朱丽叶]

这一吻涤清了我的罪孽。

朱丽叶 你的罪却沾上我的唇间。

罗密欧 啊,我的唇间有罪?感谢你甜蜜的指责!

让我把罪恶收回吧。

朱丽叶 你可以亲一下《圣经》。

乳媪 小姐,你妈要跟你说话。

罗密欧 谁是她的母亲?

乳媪 小官人,她的母亲就是这府上的太太,

她是个好太太,又聪明,又贤德;我替

	她抚养她的女儿，就是刚才跟您说话的那个；告诉您吧，谁要是娶了她去，才发财咧。
罗密欧	她是凯普莱特家里的人吗？哎哟！我的生死现在操控在我仇人的手里了！
班伏里奥	去吧，跳舞快要完啦。
罗密欧	是的，我只怕盛宴易散，良会难逢。
凯普莱特	不，列位，请慢点儿去；我们还要请你们稍微用一点茶点。真要走吗？那么谢谢你们；各位朋友，谢谢，谢谢，再会！再会！再拿几个火把来！来，我们去睡吧。啊，好小子！天真是不早了；我要去休息一会儿。

除朱丽叶及乳媪外俱下

朱丽叶	过来，奶妈。那边的那位绅士是谁？
乳媪	提伯里奥那老头儿的儿子。
朱丽叶	现在跑出去的那个人是谁？
乳媪	呃，我想他就是那个年轻的彼特鲁乔。
朱丽叶	那个跟在人家后面不跳舞的人是谁？

乳媪	我不认识。
朱丽叶	去问他叫什么名字。——要是他已经结过婚,那么坟墓便是我的婚床。
乳媪	他的名字叫罗密欧,是蒙太古家里的人,咱们仇家的独子。
朱丽叶	恨灰中燃起了爱火融融, 要是不该相识,何必相逢! 昨天的仇敌,今日的情人, 这场恋爱怕要种下祸根。
乳媪	你在说什么?你在说什么?
朱丽叶	那是刚才一个陪我跳舞的人教给我的几句诗。[内呼,"朱丽叶!"]
乳媪	就来,就来!来,咱们去吧;客人们都已经散了。

同下

开 场 诗

致辞者上

　　旧日的温情已尽付东流,
　　新生的爱恋正如日初上;
　　为了朱丽叶的绝世温柔,
　　忘却了曾为谁魂思梦想。
　　罗密欧爱着她媚人容貌,
　　把一片痴心呈献给仇雠;
　　朱丽叶恋着他风流才调,
　　甘愿被香饵钓上了金钩。
　　只恨解不开的世仇宿怨,
　　这段山海深情向谁申诉?

幽闺中锁住了桃花人面，
要相见除非是梦魂来去。
可是热情总会战胜艰辛，
苦味中间才有无限甘甜。

　　　　　　　　　　　下

第二幕
ACT II

❖

LOVE'S HERALDS SHOULD BE
THOUGHTS,
WHICH TEN TIMES FASTER
GLIDE THAN THE SUN'S BEAMS,
DRIVING BACK SHADOWS OVER
LOURING HILLS.

恋爱的使者应当是思想,
因为它比太阳驱散山坡上的阴影还要快十倍.

第 一 场

维洛那。凯普莱特花园墙外的小巷

罗密欧上

 罗密欧 我的心还逗留在这里,我能够就这样掉头前去吗?转回去,你这无精打采的身子,去找寻你的灵魂吧。[攀登墙上,跳入墙内]

班伏里奥及茂丘西奥上

 班伏里奥 罗密欧!罗密欧兄弟!
 茂丘西奥 他是个乖巧的家伙;我说他一定溜回家去睡了。

班伏里奥 他往这条路上跑,一定跳进这花园的墙里去了。好茂丘西奥,你叫叫他吧。

茂丘西奥 不,我还要念咒喊他出来呢。罗密欧!痴人!疯子!恋人!情郎!快快化作一声叹息出来吧!我不要你多说什么,只要你念一行诗,叹一口气,把咱们那位维纳斯奶奶恭维两句,替她的瞎眼儿子丘比特少爷取个绰号,这位小爱神真是个神弓手,竟让国王爱上了叫花子的女儿!他没有听见,他没有作声,他没有动静;这猴崽子难道死了吗?待我咒他的鬼魂出来。凭着罗瑟琳光明的眼睛,凭着她的高额角,她的红嘴唇,她玲珑的脚,挺直的小腿,弹性的大腿和大腿附近的那一部分,凭着这一切的名义,赶快给我现出真形来吧!

班伏里奥 他要是听见了,一定会生气的。

茂丘西奥 这不至于叫他生气;他要是生气,除非是气得他在他情人的圈里唤起一个异样的妖精,让它在那儿昂然直立,直等她降伏了它,并使它低下头来;那样做的话,才是怀着恶意呢;我的咒语却很正当,我无非是凭着他情人的名字唤他出来罢了。

班伏里奥　来,他已经躲到树丛里,跟那多露水的黑夜做伴去了;爱情本来是盲目的,让他在黑暗里摸索去吧。

茂丘西奥　爱情如果是盲目的,就射不中靶。此刻他该坐在那欧楂果树下了。希望他的情人正如那开着口的果儿。——啊,罗密欧,但愿她是,但愿她真成了那开着口的果儿,而你也成了那硬挺的梨!罗密欧,晚安!我要上床睡觉去;这草地上太冷啦,我可受不了。来,咱们走吧。

班伏里奥　好,走吧;他要避着我们,找他也是白费辛勤。

同下

第 二 场

同前。凯普莱特家的花园

罗密欧上

罗密欧 没有受过伤的才会讥笑别人身上的创痕。[朱丽叶自上方窗户中出现]轻声！那边窗子里亮起来的是什么光？那就是东方，朱丽叶就是太阳！起来吧，美丽的太阳！赶走那妒忌的月亮，她因为她的女弟子比她美得多，已经气得面色惨白了。既然她这样妒忌着你，你不要忠于她了；脱下她给你的这一身惨绿色的贞女道服，它只配给愚人穿。那是我的意中人；啊！那是我的爱；唉，但愿她知道我在爱着她！她欲言又止，可是她的眼睛已经道出了她的心事。待我去回答她吧；不，我不要太鲁莽，她不是对我说话。天上两颗最灿烂的星因为有事离去，请求她的眼睛替代它们在空中闪耀。要是她的眼睛变成了天上的星，天上的星变成了她的眼睛，那会是怎样呢？她脸上的光辉会掩盖星星的明亮，正像灯光在朝阳下黯然失色一样；在天上的她的眼睛，会在太空中大放光明，使鸟儿误认为黑夜已经过去而唱出它们的歌声。瞧！她用纤手托住了脸，那姿态是多么美妙！啊，但愿我是那一只手上的手套，好让我亲一亲她脸上的香泽！

朱丽叶　　唉！

罗密欧 她说话了。啊！再说下去吧，光明的天使！因为我在这夜色之中仰视着你，就像一个尘世的凡人张大了出神的眼睛，瞻望着一个生着翅膀的天使驾着白云，缓缓地驰过了天空一样。

朱丽叶 罗密欧啊罗密欧！为什么你偏偏是罗密欧呢？否认你的父亲，抛弃你的姓名吧；也许你不愿意这样做，只要你宣誓做我的爱人，我也不愿再姓凯普莱特了。

罗密欧 [旁白]我是继续听下去呢，还是现在就对她说话？

朱丽叶 只有你的名字才是我的仇敌；你即使不姓蒙太古，仍然是这样的一个你。姓不姓蒙太古又有什么关系呢？它又不是手，又不是脚，又不是手臂，又不是脸，又不是身体上任何其他的部分。啊！换一个姓名吧！姓名本来就没有意义的；我们叫作玫瑰的这一种花要是换了个名字，它的香味还是同样芬芳；罗密欧要是换了别的名字，他可爱的完美也绝不会有丝毫改变。罗密欧，抛弃你的名字吧；我愿意把我整个的心灵赔偿你这身外的空名。

罗密欧 那么我就听你的话，你只要叫我为爱人，我就重新受洗，重新命名；从今以后，永远不再叫罗密欧了。

朱丽叶 你是什么人，在黑夜里躲躲闪闪地偷听人家的话？

罗密欧 我没法告诉你我叫什么名字。敬爱的神明，我痛恨我自己的名字，因为它是你的仇敌；要是把它写在纸上，我一定把这几个字撕个粉碎。

朱丽叶 我的耳朵里还没有灌进从你嘴里吐出来的一百个字，可是我认识你的声音；你不是罗密欧，蒙太古家里的人吗？

罗密欧 不是，美人，要是你不喜欢这姓与名。

朱丽叶 告诉我，你怎么会到这儿来，为什么到

|这儿来？花园的墙这么高，是不容易爬上来的；要是我家里的人瞧见你在这儿，他们一定不让你活命。

罗密欧 我借着爱的轻翼飞过园墙，因为砖石的墙垣是不能把爱情阻隔的；爱情的力量所能够做到的事，它都会冒险尝试，所以我不怕你家里人的干涉。

朱丽叶 要是他们瞧见了你，一定会把你杀死的。

罗密欧 唉！你的眼睛比他们二十柄刀剑还厉害；只要你用温柔的眼光看着我，他们就不能伤害我的身体。

朱丽叶 我怎么也不愿让他们瞧见你在这儿。

罗密欧 朦胧的夜色可以替我遮过他们的眼睛。只要你爱我，就让他们瞧见我吧；与其因为得不到你的爱情而在这世上挨命，还不如在仇人的刀剑下丧生。

朱丽叶 谁叫你找到这儿来的？

罗密欧 爱情怂恿我探听出这一个地方；它替我出主意，我借给它眼睛。我不会操舟驾舵，可是倘使你在辽远辽远的海滨，我也会冒着风波寻访你这颗珍宝。

朱丽叶　幸亏黑夜替我罩上了一重面幕，否则就我刚才被你听去的话，你一定可以看见我脸上羞愧的红晕。我真想遵守礼法，否认已经说过的言语，可是这些虚文俗礼现在只好都置之不顾了！你爱我吗？我知道你一定会说"是的"；我也一定会相信你的话；可是也许你起的誓只是一个谎，人家说，对于恋人们的寒盟背信，天神是一笑置之的。温柔的罗密欧啊！你要是真的爱我，就请你诚意告诉我；你要是嫌我太容易降心相从，我也会堆起怒容，装出倔强的神气，拒绝你的好意，好让你向我婉转求情，否则我是无论如何不会拒绝你的。俊秀的蒙太古啊，我真的太痴心了，所以也许你会觉得我的举动有点轻浮；可是相信我，朋友，总有一天你

　　　　　会知道，我的忠心远胜过那些善于矜
　　　　　持作态的人。我必须承认，倘不是你乘
　　　　　我不备的时候偷听去了我真情的表白，
　　　　　我一定会更加矜持一点的；所以原谅
　　　　　我吧，是黑夜泄露了我心底的秘密，不
　　　　　要把我的允诺看作无耻的轻狂。

罗密欧　姑娘，凭着这一轮皎洁的月亮，它的银
　　　　　光涂染着这些果树的梢端，我发誓——

朱丽叶　啊！不要指着月亮起誓，它是变化无常
　　　　　的，每个月都有盈亏圆缺；你要是指着
　　　　　它起誓，也许你的爱情也会像它一样
　　　　　无常。

罗密欧　那么我指着什么起誓呢？

朱丽叶　不用起誓吧；或者要是你愿意的话，就
　　　　　凭着你优美的自身起誓，那是我所崇
　　　　　拜的偶像，我一定会相信你的。

罗密欧　要是我的发自内心的爱——

朱丽叶　好，别起誓啦。我虽然喜欢你，却不喜
　　　　　欢今天晚上的密约；它太仓促、太轻

率、太出人意料了,正像一闪电光,等不及人家开一声口,已经消隐了下去。好人,再会吧!这一朵爱的蓓蕾,靠着夏天暖风的吹拂,也许会在我们下次相见的时候开出鲜艳的花来。晚安,晚安!但愿恬静的安息同样降临到你我的心头!

罗密欧 啊!你就这样离我而去,不给我一点满足吗?

朱丽叶 你今夜还要什么满足呢?

罗密欧 你还没有把忠实于爱情的盟誓跟我交换。

朱丽叶 在你没有要求以前,我已经把我的爱给你了;可是我倒愿意重新给你。

罗密欧 你要把它收回去吗?为什么呢,爱人?

朱丽叶 为了表示我的慷慨,我要把它重新给你。可是我只愿意要我已有的东西:我的慷慨像海一样浩渺,我的爱情也像海一样深沉;我给你的越多,我自己也越是富有,因为这两者都是没有穷尽的。

[乳媪在内呼唤] 我听见里面有人在叫;亲爱的,再会吧!——就来了,好奶妈!——亲爱的蒙太古,愿你不要负心。再等一会儿,我就会来的。

自上方下

罗密欧　幸福的,幸福的夜啊!我怕我只是在晚上做了一个梦,这样美满的事不会是真实的。

朱丽叶自上方重上

朱丽叶　亲爱的罗密欧,再说三句话,我们真的要再会了。要是你的爱情的确光明正大,你的目的是在于婚姻,那么明天我会叫一个人到你的地方去,请你叫他带一个信儿给我,告诉我你愿意在什么地方、什么时候举行婚礼;我就会把我的整个命运交托给你,把你当作我的主人,跟随你到天涯海角。

乳媪　[在内] 小姐!

朱丽叶　就来。——可是你要是没有诚意,那么我请求你——

乳媪　[在内]小姐!

朱丽叶　等一等,我来了。——停止你的求爱,让我一个人独自伤心吧。明天我就叫人来看你。

罗密欧　凭着我的灵魂——

朱丽叶　一千次的晚安!

自上方下

罗密欧　晚上没有你的光,我只有一千次的心伤!恋爱的人去赴他情人的约会,像一个放学归来的儿童;可是当他和情人分别的时候,却像上学去一般满脸懊丧。

[退后]

朱丽叶自上方重上

朱丽叶　嘘!罗密欧!嘘!唉!我希望我会发出呼鹰的声音,招这只鹰儿回来。我不能高声说话,否则我要让我的喊声传进厄科③的洞穴,让她无形的喉咙因为

|||反复叫喊着我的罗密欧的名字而变得嘶哑。

罗密欧　　那是我的灵魂在叫喊着我的名字。恋人的声音在晚间多么清婉,听上去就像最柔和的音乐!

朱丽叶　　罗密欧!

罗密欧　　我的爱!

朱丽叶　　明天我应该在什么时候叫人去看你?

罗密欧　　就在九点钟吧。

朱丽叶　　我一定不失信;挨到那个时候,该有二十年那么长久!我记不起为什么要叫你回来了。

罗密欧　　让我站在这儿,等你记起了告诉我。

朱丽叶　　你这样站在我的面前,我一心想着多么爱跟你在一块儿,一定永远记不起来了。

罗密欧　　那么我就永远等在这儿,让你永远记不起来,忘记除了这里以外还有什么家。

朱丽叶　　天快要亮了;我希望你快去;可是我就好比一个淘气的女孩子,像放走一个囚犯似的，让她心爱的鸟儿暂时跳出她的掌心，又用一根丝线把它拉了回来，爱的私心使她不愿意给它自由。

罗密欧 我但愿我是你的鸟儿。

朱丽叶 好人，我也但愿这样；可是我怕你会死在我过分的爱抚里。晚安！晚安！离别是这样甜蜜的凄清，我真要向你道晚安直到天明！

下

罗密欧 但愿睡眠合上你的眼睛！
但愿平静安息我的心灵！
我如今要去向神父求教，
把今宵的艳遇诉他知晓。

下

第 三 场

同前。劳伦斯神父的寺院

劳伦斯神父携篮上

劳伦斯　黎明笑向着含愠的残宵,
　　　　　金鳞浮上了东方的天梢;
　　　　　看赤轮驱走了片片乌云,
　　　　　像一群醉汉向四处狼奔。
　　　　　趁太阳还没有睁开火眼,
　　　　　晒干深夜里的涔涔露点,
　　　　　我待要采摘下满篚盈筐,
　　　　　毒草灵葩充实我的青囊。

大地是生化万类的慈母，
她又是掩藏群生的坟墓，
试看她无所不载的胸怀，
哺乳着多少的姹女婴孩！
天生下的万物没有弃掷，
什么都有它各自的特色，
石块的冥顽，草木的无知，
都含着玄妙的造化生机。
莫看那蠢蠢的恶木莠蔓，
对世间都有它特殊贡献；
即使最纯良的美谷嘉禾，
用得失当也会害性戕躯。
美德的误用会变成罪过，
罪恶有时反会造成善果。
这一朵有毒的弱蕊纤苞，
也会把淹煎的痼疾医疗；
它的香味可以祛除百病，
吃下腹中却会昏迷不醒。
草木和人心并没有不同，

各自有善意和恶念争雄；
恶的势力倘然占了上风，
死便会蛀蚀进它的心中。

罗密欧上

罗密欧 早安，神父。

劳伦斯 上帝祝福你！是谁温柔的声音这么早就在叫我？孩子，你一早起身，一定有什么心事。老年人因为多忧多虑，往往容易失眠，可是身心壮健的青年，一上了床就应该酣然入睡；所以你的早起倘不是因为有什么烦恼，一定是昨夜没有睡过觉。

罗密欧 你的第二个猜测是对的；我昨夜享受到比睡眠更甜蜜的安息。

劳伦斯 上帝饶恕我们的罪恶！你是跟罗瑟琳在一起吗？

罗密欧 跟罗瑟琳在一起，我的神父？不，我已经忘记了那个名字和那个名字所带来的烦恼。

劳伦斯　那才是我的好孩子；可是你究竟到什么地方去了？

罗密欧　我愿意在你问我第二遍以前告诉你。昨天晚上我跟我的仇敌在一起宴会，突然有一个人伤害了我，同时她也被我伤害了；只有你的帮助和你的圣药，才会医治我们两人的重伤。神父，我并不怨恨我的敌人，因为，瞧，我来向你请求的事，不单为了我自己，也同样为了她。

劳伦斯　好孩子，说明白一点，把你的意思老老实实告诉我，别打哑谜了。

罗密欧　那么老实告诉你吧，我心底的一往深情，已经完全倾注在凯普莱特美丽的女儿身上了。她也同样爱着我；一切都已完全定当了，只要你肯替我们主持神圣的婚礼。我们在什么时候遇见，在什么地方求爱，怎样彼此交换着盟誓，这一切我都可以慢慢告诉你；可是无论如何，请你一定答应就在今天替我们成婚。

劳伦斯　圣芳济啊！多么快的变化！难道你所深爱着的罗瑟琳，就这样一下子被你抛弃了吗？这样看来，年轻人的爱情都是见异思迁，不是发于真心的。耶稣，马利亚！你为了罗瑟琳的缘故，曾经用多少的眼泪洗过你消瘦的面庞！为了替无味的爱情添加一点辛酸的味道，曾经浪费掉多少的咸水！太阳还没有扫清你吐向苍穹的怨气，我这龙钟的耳朵里还留着你往日的呻吟！瞧！就在你自己的颊上，还剩着一丝不曾揩去旧时的泪痕。要是你不曾变了一个人，这些悲哀都是你真实的情感，那么你是罗瑟琳的，这些悲哀也是为罗瑟琳而发的；难道你现在已经变心了吗？男人既然这样没有恒心，那就莫怪女人家朝三暮四了。

罗密欧 你常常因为我爱罗瑟琳而责备我。

劳伦斯 我的学生,我不是说你不该恋爱,我只叫你不要因为恋爱而发痴。

罗密欧 你又叫我把爱情埋葬在坟墓里。

劳伦斯 我没有叫你把旧的爱情埋葬了,再去另找新欢。

罗密欧 请你不要责备我;我现在所爱的她,跟我心心相印,不像前回那个一样。

劳伦斯 啊,罗瑟琳知道你对她的爱情完全抄着人云亦云的老调,你还没有读过恋爱入门的一课哩。可是来吧,朝三暮四的青年,跟我来;为了一个理由,我愿意助你一臂之力:因为你们的结合也许会使你们两家释嫌修好,那就是天大的幸事了。

罗密欧 啊!我们就去吧,我巴不得越快越好。

劳伦斯 凡事三思而行;跑得太快是会滑倒的。

同下

第 四 场

同前。街道

班伏里奥及茂丘西奥上

茂丘西奥　见鬼的,这罗密欧究竟到哪儿去了?他昨天晚上没有回家吗?

班伏里奥　没有,我问过他的仆人了。

茂丘西奥　哎哟!那个白面孔狠心肠的女人,那个罗瑟琳,一定把他虐待得要发疯了。

班伏里奥　提伯尔特,凯普莱特那老头子的亲戚,有一封信送到了他父亲那里。

茂丘西奥　一定是一封挑战书。

班伏里奥　　罗密欧一定会给他一个答复。

茂丘西奥　　只要会写几个字，谁都会写一封回信。

班伏里奥　　不，我说他一定会接受他的挑战。

茂丘西奥　　唉！可怜的罗密欧！他已经死了，一个白女人的黑眼睛戳破了他的心；一支恋歌穿过了他的耳朵；瞎眼的丘比特之箭已把他当胸射中；他现在还能够抵得住提伯尔特吗？

班伏里奥　　提伯尔特是个什么人？

茂丘西奥　　我可以告诉你，他不是个平常的阿猫阿狗。啊！他是个胆大心细、剑法高明的人。他跟人打起架来，就像照着乐谱唱歌一样，一板一眼都不放松，一秒钟的停顿，然后一、二、三，刺进人家的胸膛；他全然是个穿礼服的屠夫，一个决斗的专家；一个名门贵胄，一个击剑能手。啊！那了不得的侧击！那反击！那直中要害的一剑！

班伏里奥　　那什么？

茂丘西奥 那些怪模怪样、扭扭捏捏、装腔作势、说起话来怪声怪气的荒唐鬼！他们只会说："耶稣哪，好一柄锋利的刀子！"——好一个高大的汉子，好一个风流的婊子！嘿，我的老爷子，咱们中间有这么一群不知从哪儿飞来的苍蝇，这一群满嘴法国话的时髦人，他们因为趋新好异，坐在一张旧凳子上也会不舒服，这不是一件可以痛哭流涕的事吗？

罗密欧上

班伏里奥 罗密欧来了，罗密欧来了。

茂丘西奥 瞧他孤零零的神气，倒像一条风干的咸鱼。啊，你这块肉呀，你是怎样变成鱼的！现在他又要念起彼特拉克的诗句来了：罗拉比起他的情人来不过是个灶下的丫头，虽然她有一个会作诗的爱人[④]；狄多[⑤]是个蓬头垢面的村妇；克莉奥佩特拉[⑥]是个吉卜赛姑娘；

海伦、希罗[7]都是下流的娼妓；提斯柏[8]也许有一双美丽的灰色眼睛，可是也不配相提并论。罗密欧先生，给你个法国式的敬礼！昨天晚上你给我们开了多大的一个玩笑哪。

罗密欧　　　两位大哥早安！昨晚我开了什么玩笑？

茂丘西奥　　你昨天晚上逃走得好；装什么假？

罗密欧　　　对不起，茂丘西奥，我当时有一件很重要的事情，在那情况下我只好失礼了。

茂丘西奥　　这就是说，在那种情况下，你不得不屈一屈膝了。

罗密欧　　　你的意思是说，赔个礼。

茂丘西奥　　你回答得正对。

罗密欧　　　正是十分有礼的说法。

茂丘西奥　　何止如此，我是讲礼讲到头了。

罗密欧　　　像是花儿鞋子的尖头。

茂丘西奥　　说得对。

罗密欧　　　那么我的鞋子已经全是花儿了。

茂丘西奥　　讲得妙；跟着我把这个笑话追到底吧，

	直追得你的鞋子掉光了花儿,只剩下了鞋底,而那笑话也就变得又呆又秃了。
罗密欧	啊,好一个又呆又秃的笑话,因为它又呆又秃反而独一无二。
茂丘西奥	快来帮忙,好班伏里奥;我的脑袋绕晕了。
罗密欧	要来就快马加鞭,不然我就宣告胜利了。
茂丘西奥	不,如果比聪明像赛马,我承认我输了;我的马儿哪有你的野?说到野,我的五官加在一起也比不上你的任何一官。可是你野的时候,我几时跟你在一起过?
罗密欧	哪一次撒野没有你这呆头鹅?
茂丘西奥	你这话真有意思,我巴不得咬你一口才好。
罗密欧	啊,好鹅儿,莫咬我。
茂丘西奥	你的笑话又甜又辣,简直是辣酱油。
罗密欧	美鹅加辣酱,岂不绝妙?
茂丘西奥	啊,妙语横生,越拉越横!

罗密欧	横得好；你这呆头鹅变成一只横胖鹅了。
茂丘西奥	呀，我们这样打着趣岂不比呻吟求爱好得多吗？此刻你多么和气，此刻你才真是罗密欧了；不论是先天还是后天，此刻是你的真面目了；为了爱急得涕泪满脸，就像一个天生的傻子，奔上奔下，找洞儿藏他的棍儿。
班伏里奥	打住吧，打住吧。
茂丘西奥	你不让我的话讲完，留着尾巴好不顺眼。
班伏里奥	不打住你，你的尾巴还要长大呢。
茂丘西奥	啊，你错了；我的尾巴本来就要缩小了；我的话已经讲到了底，不要再多说什么了。
罗密欧	看哪，好把戏来啦！

乳媪及彼得上

茂丘西奥	一条帆船，一条帆船！
班伏里奥	两条，两条！一公一母。
乳媪	彼得！
彼得	有！

乳媪　　彼得,我的扇子。

茂丘西奥　好彼得,替她把脸遮了;因为她的扇子比她的脸好看一点。

乳媪　　早安,列位先生。

茂丘西奥　晚安,好太太。

乳媪　　是道晚安的时候了吗?

茂丘西奥　我告诉你,不会错;那日晷上的指针正顶着中午呢。

乳媪　　你说什么!你是什么人!

罗密欧　好太太,上帝造了他,他却不知好歹。

乳媪　　说得好,你说他不知好歹啊?列位先生,你们有谁能够告诉我年轻的罗密欧在什么地方?

罗密欧　我可以告诉你;可是等你找到他的时候,年轻的罗密欧已经比你寻访他的时候老点儿了。我因为取不到一个好一点的名字,所以就叫作罗密欧;在取这个名字的人中间,我是最年轻的一个。

乳媪　　您说得真好。

茂丘西奥　呀,这样一个最坏的家伙你也说好?想得周到;睿智,睿智。

乳媪　先生,要是您就是他,我要跟您单独讲句话儿。

班伏里奥　她要拉他吃晚饭去。

茂丘西奥　一个老虔婆,一个老虔婆!有了!有了!

罗密欧　有了什么?

茂丘西奥　不是什么野兔子;要说是兔子的话,也不过是斋节里做的兔肉饼,没有吃完就发了霉。[唱]

　　老兔肉,发白霉,

　　老兔肉,发白霉,

　　原是斋节好点心:

　　可是霉了的兔肉饼,

　　二十个人也吃不尽,

　　吃不完的霉肉饼。

罗密欧,你到不到你父亲那儿去?我们要在那边吃饭。

罗密欧　我就来。

茂丘西奥 再见,老太太。[唱]

再见,我的好姑娘!

茂丘西奥、班伏里奥下

乳媪 好,再见!先生,这个满嘴胡说八道的放肆家伙是谁?

罗密欧 奶妈,这位先生最喜欢听他自己讲话;他在一分钟里所说的话,比他在一个月里听人家讲的话还多。

乳媪 要是他对我说了一句不客气的话,即便他力气再大一点,我也要给他一顿教训;这种家伙二十个我都对付得了,要是对付不了,我会叫那些对付得了他的人来。混账东西!他把老娘看作什么人啦?我不是那些烂污婊子,由他随便取笑。[向彼得]你也不是个好东西,看着人家欺侮我,站在旁边一动也不动!

彼得 我没有看见什么人欺侮你;要是我看见了,一定会立刻拔出刀子来的。碰到

	吵架的事，只要理直气壮，打起官司来不怕人家，我是从来不肯落在人家后头的。
乳媪	哎哟！真把我气得浑身发抖。混账的东西！对不起，先生，让我跟您说句话儿。我刚才说过的，我家小姐叫我来找您；她叫我说些什么话，我不愿告诉您；可是我要先明明白白对您说一句，要是正像人家说的，您想骗她做一场春梦，那可真是人家说的一个顶坏的行为；因为这位姑娘年纪还小，所以您要是欺骗了她，实在是一桩对不起任何好人家姑娘的事情，而且也是一桩顶不应该的举动。
罗密欧	奶妈，请代我向你家小姐致意。我可以对你发誓——
乳媪	很好，我就这样告诉她。主啊！主啊！她听见了一定会非常喜欢的。
罗密欧	奶妈，你去告诉她什么话呢？你没有听

我说话呀。

乳媪 我就对她说您发过誓了，证明您是一位正人君子。

罗密欧 你请她今天下午想个法子出来，到劳伦斯神父的寺院里忏悔，就在那个地方举行婚礼。这几个钱是给你的酬劳。

乳媪 不，真的，先生，我一个钱也不要。

罗密欧 别客气了，你还是拿着吧。

乳媪 今天下午吗，先生？好，她一定会去的。

罗密欧 好奶妈，请你在这寺墙后面等一等，就在这一点钟之内，我要叫我的仆人去拿一捆扎得像船上的软梯一样的绳子来给你带去；在秘密的夜里，我要凭着它攀登我的幸福的尖端。再会！愿你对我们忠心，我一定不会有负你的辛劳。再会！替我向你的小姐致意。

乳媪 天上的上帝保佑您！先生，我对您说。

罗密欧 你有什么话说，我的好奶妈？

乳媪 您那仆人靠得住吗？您没听见古话说，

两个人能保守秘密的前提，就是其中一个已归西？

罗密欧 你放心吧，我的仆人是最可靠不过的。

乳媪 好先生，我那小姐是个最可爱的姑娘——主啊！主啊！——那时候她还是个咿咿呀呀怪会说话的小东西——啊！本地有一位叫作帕里斯的贵人，他巴不得把我家小姐抢到手里；可是她，好人儿，瞧他比瞧一只蛤蟆还讨厌。我有时候对她说帕里斯人品不错，你才不知道哩，她一听见这样的话，就会气得面如土色。请问罗斯玛丽花②和罗密欧是不是同一个字开头的呀？

罗密欧 是呀，奶妈；怎么了？都是"罗"字起头。

乳媪 啊，你开玩笑哩！那是狗的名字③啊；罗就是那个——不对，我知道一定是另一个字开头的——她还把你同罗斯玛丽花连在一起，我也不懂，反正你听了一定喜欢的。

罗密欧 替我向你小姐致意。

乳媪 一定一定。[罗密欧下] 彼得！

彼得 有！

乳媪 给我带路，拿着我的扇子，快些走。

同下

第 五 场

同前。凯普莱特家的花园

朱丽叶上

朱丽叶 我在九点钟差奶妈去,她答应在半小时以内回来。也许她碰不见他;那定不会的。啊!她的脚走起路来不大方便。恋爱的使者应当是思想,因为它比太阳驱散山坡上的阴影还要快十倍;所以维纳斯的云车是用白鸽驾驶的,所以凌风而飞的丘比特也生着翅膀。现在太阳已经升上中天,从九点钟到十二点钟是三个很长的钟点,可是她还没有回来。要是她是个有感情、有滚烫的青春热血的人，她的行动一定会像球儿一样敏捷，我用一句话就可以把她抛到我心爱的情人那里，他也可以用一句话把她抛回到我这里；可是老年人大多像死人一般，手脚滞钝，呼唤不灵，慢腾腾地没有一点精神。

乳媪及彼得上

朱丽叶　啊，上帝！她来了。啊，好心肝奶妈！什么消息？你碰到他了吗？叫那个人出去。

乳　媪　彼得，到门口去等着。

彼得下

朱丽叶　亲爱的好奶妈——哎呀！你怎么满脸的懊恼？即使是坏消息，你也应该装着笑容说；如果是好消息，你就不该用这副难看的面孔奏出美妙的音乐来。

乳　媪　我累死了，让我歇一会儿吧。哎呀，我的骨头好痛！我赶了多少的路！

朱丽叶 我但愿把我的骨头给你,你的消息给我。求求你,快说呀;好奶妈,说呀。

乳媪 耶稣哪!你忙什么?你不能等一下子吗?你没见我气都喘不过来吗?

朱丽叶 你既然气都喘不过来,那么你又怎么能告诉我说你气都喘不过来?你费了这么久的时间推三阻四的,要是干脆告诉了我,还不是几句话就完了。我只要你回答我,你的消息是好的还是坏的?只要先回答我一个字,详细的话慢慢再说好了。快让我知道吧,是好消息还是坏消息?

乳媪 好,你是个傻孩子,选中了这么一个人;你不知道怎样选一个男人。罗密欧!不,他不行,虽然他的脸长得比人家漂亮一点,可是他的腿更出众;讲到他的手、他的脚、他的身体,虽然这种话不大好出口,可是的确谁也比不上他。他不是顶懂得礼貌,可是温柔得就像一头羔羊。好，看你的运气吧，姑娘；好好敬奉上帝。怎么，你在家里吃过饭了吗？

朱丽叶　没有，没有。你这些话我都早就知道了。他对于结婚的事情怎么说？

乳媪　主啊！我的头痛死了！我害了很厉害的头痛！痛得好像要裂成二十块似的。还有我那一边的背痛；哎哟，我的背！我的背！你的心肠真好，叫我到外边东奔西走，奔波地要死。

朱丽叶　害你这样不舒服，我真是说不出的抱歉。亲爱的，亲爱的，亲爱的奶妈，告诉我，我的爱人说了些什么话？

乳媪　你的爱人说——他说得很像个老老实实的绅士，很有礼貌，很和气，很漂亮，而且也很规矩——你的妈妈呢？

朱丽叶　我的妈妈！她就在里面；她还会在什么地方？你回答得多么古怪："你的爱人说，他说得很像个老老实实的绅士，你的妈妈呢?"

乳媪　　哎哟,圣母娘娘!你这样性急吗?哼!反了反了,这就是你瞧着我筋骨酸痛而替我涂上的药膏吗?以后还是你自己去送信吧。

朱丽叶　别缠下去啦!快些,罗密欧怎么说?

乳媪　　你已经得到准许,今天去忏悔了吗?

朱丽叶　我已经得到了。

乳媪　　那么你快到劳伦斯神父的寺院里去,有一个丈夫在那边等着你去做他的妻子哩。现在你的脸红起来啦。你到教堂里去吧,我还要到别处去搬一张梯子来,等到天黑的时候,你的爱人就可以凭着它爬进鸟窠里。为了使你快乐,我不辞辛劳;可是你到了晚上也要负起那个重担来啦。去吧,我还没有吃过饭呢。

朱丽叶　我要找寻我的幸运去!好奶妈,再会。

各下

第 六 场

同前。劳伦斯神父的寺院

劳伦斯神父及罗密欧上

劳伦斯 愿上天祝福这神圣的结合,不要让日后的懊恨把我们谴责!

罗密欧 阿门,阿门!可是无论将来会发生什么悲哀的后果,都抵不过我在看见她这短短一分钟内的欢乐。不管侵蚀爱情的死亡怎样伸展它的魔手,只要你用神圣的言语把我们的灵魂结为一体,让我能够称她为我的人,我也就不再有什么遗恨了。

劳伦斯　　这种狂暴的快乐将会产生狂暴的结局，正像火和火药的亲吻，就在最得意的一刹那烟消云散。最甜的蜜糖可以使味觉麻木；不太热烈的爱情才会维持久远；太快和太慢，结果都不会圆满。

朱丽叶上

劳伦斯　　这位小姐来了。啊！这样轻盈的脚步，是永远不会踩破神龛前的砖石的；一个恋爱中的人可以踏在随风飘荡的蛛网上而不会跌下，幻妄的幸福使他的灵魂飘然轻举。

朱丽叶　　晚安，神父。

劳伦斯　　孩子，罗密欧会替我们两人感谢你的。

朱丽叶　　我也向他同样问了好，他何必再来多余的客套。

罗密欧　　啊，朱丽叶！要是你感觉到像我一样多的快乐，要是你的灵唇慧舌能够宣述你衷心的快乐，那么让空气中满布

	着从你嘴里吐出来的芳香，用无比的妙乐把我们此次相见之际给予彼此的无限欢欣倾吐出来吧。
朱丽叶	充实的思想不在于言语的富丽；只有乞儿才能够计数他的家私。真诚的爱情充溢在我的心里，我无法估计自己享有的财富。
劳伦斯	来，跟我来，我们要把这件事情早点办好；因为在神圣的教会没有把你们两人结合以前，你们两人是不能在一起的。

同下

第三幕

ACT III

✦

LOOK, LOVE, WHAT ENVIOUS STREAKS
DO LACE THE SEVERING CLOUDS IN
YONDER EAST:
NIGHT'S CANDLES ARE BURNT OUT,
AND JOCUND DAY
STANDS TIPTOE ON THE MISTY
MOUNTAIN TOPS.

瞧,爱人,不作美的晨曦已经在东天的
云朵上镶起了金线,夜晚的星光已经烧尽,
愉快的白昼蹑足踏上了迷雾的山巅。

第 一 场

维洛那。广场

茂丘西奥、班伏里奥、侍童及

若干仆人上

班伏里奥 好茂丘西奥,咱们还是回去吧。天这么热,凯普莱特家里的人满街都是,要是碰到了他们,又免不了吵架;因为在这种热天气里,一个人的脾气最容易暴躁起来。

茂丘西奥 你就像这么一种家伙,跑进了酒店的门,把剑在桌子上一放,说:"上帝保佑我不要用到你！"等到两杯喝罢，却无缘无故拿起剑来跟酒保吵架。

班伏里奥 我难道是这样一种人吗？

茂丘西奥 得啦得啦，你的坏脾气不下于意大利任何一个人；动不动就要生气，一生气就要乱动。

班伏里奥 再以后怎样呢？

茂丘西奥 哼！要是有两个像你这样的人碰在一起，结果总会一个也不剩，因为大家都要把对方杀死方肯罢休。你！嘿，你会因为人家比你多一根或是少一根胡须就跟人家吵架。瞧见人家剥栗子，你也会跟他闹翻，你的理由只是因为你有一双栗色的眼睛。除了生着这样一双眼睛的人以外，谁还会像这样吹毛求疵地去跟人家寻事？你的脑袋里装满了惹是生非的念头，正像鸡蛋里装满了蛋黄蛋白，虽然为了惹是生非的缘故，你的脑袋曾经给人打得像个坏蛋

　　　　　　　一样。你曾经为了有人在街上咳嗽了一声而跟他吵架，因为他咳醒了你那条在太阳底下睡觉的狗。不是有一次你因为看见一个裁缝在复活节以前穿起他的新背心来，所以跟他大闹吗？不是还有一次因为他用旧带子系他的新鞋子，所以又跟他大闹吗？现在你却要教我不要跟人家吵架！

班伏里奥　　要是我像你一样爱吵架，不消一时半刻，我的性命早就卖给人家了。

茂丘西奥　　性命卖给人家！哼，算了吧！

班伏里奥　　哎哟！凯普莱特家里的人来了。

茂丘西奥　　啊哟！我不在乎。

提伯尔特及余人等上

提伯尔特　　你们跟着我不要走开，等我去向他们说话。两位晚安！我要跟你们中间随便哪一位说句话儿。

茂丘西奥　　您只要跟我们两人中间的一个人讲一句话吗？再来点儿别的吧。要是您愿意

	在一句话以外，再跟我们较量一两手，那我们倒愿意奉陪。
提伯尔特	只要您给我一个理由，您就会知道我也不是个怕事的人。
茂丘西奥	您不会自己想出一个什么理由来吗？
提伯尔特	茂丘西奥，你陪着罗密欧到处乱闯——
茂丘西奥	到处拉唱！怎么！你把我们当作一群沿街卖唱的人吗？你要是把我们当作沿街卖唱的人，那么我们倒要请你听一点儿不大好听的声音；这就是我的提琴上的拉弓，拉一拉就要叫你跳起舞来。他妈的！到处拉唱！
班伏里奥	这儿来往的人太多，讲话不大方便，最好还是找个清静一点的地方去谈谈；要不然大家别闹意气，有什么过不去的事平心静气理论理论；否则各走各的路也就完了，别让这么多人的眼睛瞧着我们。
茂丘西奥	人们生着眼睛总要瞧，让他们去瞧好

了；我可不能为着别人高兴离开这块地方。

罗密欧上

提伯尔特 好，我的人来了；我不跟你吵。

茂丘西奥 他又不吃你的饭，不穿你的衣，怎么是你的人？可是他虽然不是你的跟班，要是你拔脚逃起来，他倒一定会紧紧跟住你的。

提伯尔特 罗密欧，我对你的仇恨使我只能用一个名字称呼你——你是一个恶贼！

罗密欧 提伯尔特，我跟你无冤无恨，你这样无端挑衅，我本来是不能容忍的，可是因为我有必须爱你的理由，所以也不愿跟你计较了。我不是恶贼；再见，我看你还不知道我是个什么人。

提伯尔特 小子，你冒犯了我，现在可不能用这种花言巧语掩饰过去；赶快回过身子，拔出剑来吧。

罗密欧 我可以郑重声明，我从来没有冒犯过你，而且你想不到我是怎样爱你，除非你知道了我之所以爱你的理由。所以，好凯普莱特——我尊重这个姓氏，就像尊重我自己的姓氏一样——咱们还是讲和吧。

茂丘西奥　哼，好丢脸的屈服！只有武力才可以洗去这种耻辱。[拔剑]提伯尔特，你这捉耗子的猫儿，你愿意跟我决斗吗？

提伯尔特　你要我跟你干吗？

茂丘西奥　好猫精，听说你有九条性命，我只要取你一条命，留下那另外八条，等以后再跟你算账。快快拔出你的剑来，否则莫怪我无情，我的剑就要临到你的耳朵边了。

提伯尔特　[拔剑]好，我愿意奉陪。

罗密欧　好茂丘西奥，收起你的剑。

茂丘西奥　来，来，来，我倒要领教领教你的剑法。

[二人互斗]

罗密欧　班伏里奥，拔出剑来，把他们的武器打下来。两位老兄,这算什么?快别闹啦!提伯尔特,茂丘西奥,亲王已经明令禁止在维洛那的街道上斗殴。住手,提伯尔特!好茂丘西奥!

提伯尔特及其党徒下

茂丘西奥	我受伤了。你们这两户倒霉的人家!我已经完啦。他不带一点伤就走了吗?
班伏里奥	啊!你受伤了吗?
茂丘西奥	嗯,嗯,擦破了一点儿;可是也够受的了。我的侍童呢?你这家伙,快去找个外科医生来。

侍童下

罗密欧	放心吧,老兄;这伤口不算十分厉害。
茂丘西奥	是的,它没有一口井那么深,也没有一扇门那么阔,可是这一点伤也就够要命了;要是你明天找我,就到坟墓里来看我吧。我这一生是完了。你们这两户倒霉的人家!狗、耗子、猫儿,都咬得死人!这个说大话的家伙,这个混账

	东西，只会照着书本打架的家伙！谁叫你把身子插了进来？都是你把我拉住了，我才受了伤。
罗密欧	我完全是出于好意。
茂丘西奥	班伏里奥，快把我扶进什么屋子里去，不然我就要晕过去了。你们这两家倒霉的人家！我已经死在你们手里了。——你们这两户人家！

　　　　　　　　　　　　茂丘西奥、班伏里奥同下

| **罗密欧** | 他是亲王的近亲，也是我的好友；如今他为了我的缘故，受到了致命的重伤。提伯尔特杀死了我的朋友，又诽谤了我的名誉，虽然他在一小时以前还是我的亲人。亲爱的朱丽叶啊！你的美丽使我变得懦弱，磨钝了我勇气的锋刃！ |

班伏里奥重上

| **班伏里奥** | 啊，罗密欧，罗密欧！勇敢的茂丘西奥死了；他已经撒手离开尘世，他的英魂 |

|罗密欧|今天这一场意外的变故,怕要引起日后的灾祸。|

提伯尔特重上

班伏里奥	暴怒的提伯尔特又来了。
罗密欧	茂丘西奥死了,他却耀武扬威活在人世!现在我只好抛弃一切顾忌,不怕伤了亲戚的情分,让眼睛里喷出火焰的愤怒支配我的行动了!提伯尔特,你刚才骂我恶贼,我要你把这两个字收回去;茂丘西奥的阴魂就在我们头上,他在等着你去跟他做伴;我们两个人中间必须有一个人去陪陪他,要不然就是两人一起死。
提伯尔特	你这该死的小子,你生前跟他做朋友,死后也去陪他吧!
罗密欧	这柄剑可以替我们决定谁死谁生。

[二人互斗;提伯尔特倒下]

|班伏里奥|罗密欧,快走!市民们都已经被这场争|

开头:已经升上天庭了!

吵惊动了，提伯尔特又死在这儿。别站着发怔；要是你给他们捉住了，亲王就要判你死刑。快去吧！快去吧！

罗密欧 唉！我是受命运玩弄的人。

班伏里奥 你为什么还不走？

罗密欧下

市民等上

市民甲 杀死茂丘西奥的那个人逃到哪儿去了？那凶手提伯尔特逃到什么地方去了？

班伏里奥 躺在那边的就是提伯尔特。

市民甲 先生，起来吧，请你跟我去。我用亲王的名义命令你服从。

亲王率侍从；蒙太古夫妇、

凯普莱特夫妇及余人等上

亲王 这一场争吵的肇祸的罪魁在什么地方？

班伏里奥 啊，尊贵的亲王！我可以把这场流血的争吵的不幸经过向您从头告禀。躺在那边的那个人，就是把您的亲戚、勇敢的茂丘西奥杀死的人，他现在已经被年轻的罗密欧杀死了。

凯普莱特夫人 提伯尔特，我的侄儿！啊，我的哥哥的孩子！亲王啊！侄儿啊！丈夫啊！哎哟！我的亲爱的侄儿给人杀死了！殿下，您是正直无私的，我们家里流的血，应当让蒙太古家血债血偿。哎哟，侄儿啊！侄儿啊！

亲王 班伏里奥，是谁开始这场血斗的？

班伏里奥 死在这儿的提伯尔特，他是被罗密欧杀死的。罗密欧很诚恳地劝告他，叫他想一想这种争吵多么没意思，并且也提起您森严的禁令。他用温和的语调、谦恭的态度，赔着笑脸向他反复劝解，可是提伯尔特充耳不闻，一味逞着他的骄横，拔出剑来就向勇敢的茂丘西奥胸前刺了过去；茂丘西奥也动了怒气，就和他两下交锋起来，自恃着本领高强，满不在乎地一手挡开敌人致命的剑锋，一手向提伯尔特还刺过去，提伯尔特眼明手快，也把它挡开了。那个时候罗密欧就高声喊叫："住手，朋友；快散开！"说时迟，那时快，他敏捷的腕臂已经打下了他们的利剑，他就插身在他们两人中间；谁料提伯尔特怀着毒心，冷不防打罗密欧的手臂下面刺了一剑过去，竟中了茂丘西奥的要害，于是他就逃走了。等了一会儿他又回来找罗密欧，罗密欧这时候正是满腔怒火，就像闪电似的跟他打起来，我还来不及拔剑阻止他们，勇猛的提伯尔特已经中剑而死，罗密欧见他倒在地上，也就转身逃走了。我所说的句句都是真话，倘有虚言，愿受死刑。

凯普莱特夫人 他是蒙太古家的亲戚，他说的话都徇着私情，完全是假的。他们一共有二十来个人参加这场恶斗，二十个人合力谋害一个人的生命。殿下，我要请您主持公道，罗密欧杀死了提伯尔特，罗密欧必须抵命。

亲王　罗密欧杀了他,他杀了茂丘西奥;茂丘西奥的生命应当由谁抵偿?

蒙太古　殿下,罗密欧不应该偿他的命;他是茂丘西奥的朋友,他的过失不过是执行了提伯尔特依法应处的死刑。

亲王　为了这一个过失,我现在宣布把他立刻放逐出境。你们双方的憎恨已经牵涉到我的身上,在你们残暴的斗殴中,已经流下了我亲人的血;可是我要给你们一个重重的惩罚,以此警戒你们的将来。我不要听任何的请求辩护,哭泣和祈祷都不能使我枉法徇情,所以不用想什么挽回的办法,赶快把罗密欧遣送出境吧,不然的话,我们什么时候发现他,就在什么时候把他处死。把这尸体抬去,不许违抗我的命令;对杀人的凶手不能讲慈悲,否则就是鼓励杀人了。

同下

第 二 场

同前。凯普莱特家的花园

朱丽叶上

朱丽叶　快快跑过去吧,踏着火云的骏马,把太阳拖回到它安息的所在;但愿驾车的法厄同①鞭策你们飞驰到西方,让阴沉的暮夜赶快降临。展开你密密的帷幕吧,成全恋爱的黑夜!遮住夜行人的眼睛,让罗密欧悄悄地投入我的怀里,不被人家看见,也不被人家谈论!恋人们可以在他们自身美貌的光辉里互相缱绻；即使恋爱是盲目的，那也正好和黑夜相称。来吧，庄严的夜，你朴素的黑衣妇人，教会我怎样在一场全胜的赌博中失败，把各人纯洁的童贞互为赌注。用你黑色的罩巾遮住我脸上羞怯的红潮，等我深藏内心的爱情慢慢地胆大起来，不再因为在行动上流露真情而惭愧。来吧，黑夜！来吧，罗密欧！来吧，黑夜中的白昼！因为你将要睡在黑夜的翼上，比乌鸦背上的新雪还要皎白。来吧，柔和的黑夜！来吧，可爱的黑颜的夜，把我的罗密欧给我！等他死了以后，你再把他带去，分散成无数的星星，把天空装饰得如此美丽，使全世界都恋爱着黑夜，不再崇拜炫目的太阳。啊！我已经买下了一所恋爱的华厦，可是它还不曾属我所有；虽然我已经把自己出卖，可是还没有被买主领去。这日子长得真叫人厌烦，正像一个做好了新衣服的小孩在节日的前夜焦躁地等着天明一样。啊！我的奶妈来了。

乳媪携绳上

朱丽叶 她带着消息来了。谁的舌头上只要说出罗密欧的名字，他就在吐露着天上的仙音。奶妈，什么消息？你带着些什么来了？那就是罗密欧叫你去拿的绳子吗？

乳媪 是的，是的，这绳子。[将绳掷下]

朱丽叶 哎哟！什么事？你为什么扭着你的手？

乳媪 唉！唉！唉！他死了，他死了，他死了！我们完了，小姐，我们完了！唉！他去了，他给人杀了，他死了！

朱丽叶 天道竟会这样狠毒吗？

乳媪 不是天道狠毒，罗密欧才下得了这样狠毒的手。啊！罗密欧，罗密欧！谁想得到会有这样的事情？罗密欧！

朱丽叶 你是个什么魔鬼，这样煎熬着我？这简

　　　　　直就是地狱里的酷刑。罗密欧把他自
　　　　　己杀死了吗？你只要回答我一个"是"
　　　　　字，这个"是"字就比毒龙眼里射放的
　　　　　死光更会致人死命。如果真有这样的
　　　　　事，我就不会再在人世，或者说，那叫
　　　　　你说声"是"的人从此就要把眼睛紧
　　　　　闭。要是他死了，你就说"是"；要是
　　　　　他没有死，你就说"不"；这两个简单
　　　　　的字就可以决定我的终身祸福。
乳媪　　　我看见了他的伤口，我亲眼看见了他的
　　　　　伤口，慈悲的上帝！就在他宽阔的胸
　　　　　上。一具可怜的尸体，一具可怜的流血
　　　　　的尸体，像灰一样苍白，满身都是血，
　　　　　满身都是一块块的血；我一瞧见就晕
　　　　　过去了。
朱丽叶　　啊，我的心要碎了！——可怜的破产者，
　　　　　你已经丧失了一切，还是赶快碎裂了
　　　　　吧！失去了光明的眼睛，你从此不能
　　　　　再见天日了！你这俗恶的泥土之躯，

赶快停止呼吸，复归于泥土，去和罗密欧同眠在一个墓穴里吧！

乳媪　啊！提伯尔特，提伯尔特！我顶好的朋友！啊，温文尔雅的提伯尔特，正直的绅士！想不到我活到今天，却会看见你死去！

朱丽叶　这是一阵什么风暴，一会儿又倒转方向！罗密欧给人杀了，提伯尔特又死了吗？一个是我最亲爱的表哥，一个是我更亲爱的夫君？那么，可怕的号角，宣布世界末日的来临吧！要是这样两个人都可以死去，谁还应该活在这世上？

乳媪　提伯尔特死了，罗密欧被放逐了；罗密欧杀了提伯尔特，他现在被放逐了。

朱丽叶　上帝啊！提伯尔特是死在罗密欧手里的吗？

乳媪　是的，是的；唉！是的。

朱丽叶　啊，花一样的面庞里藏着蛇一样的心！哪一条恶龙曾经栖息在这样清雅的洞府里？美丽的暴君！天使般的魔鬼！披着白鸽羽毛的乌鸦！豺狼一样残忍的羔羊！圣洁的外表包覆着丑恶的实质！你的内心刚巧和你的形状相反，一个万恶的圣人，一个庄严的奸徒！造物主啊！你为什么要从地狱里提出这一个恶魔的灵魂，把它安放在这样可爱的一座肉体的天堂里？哪一本邪恶的书籍曾经装订得这样美观？啊！谁想得到这样一座富丽的宫殿里，会容纳着欺人的虚伪！

乳媪 男人都靠不住，没有良心，没有真心的；谁都是三心二意，反复无常，奸恶多端，尽是些骗子。啊！我的人呢？快给我倒点儿酒来；这些悲伤烦恼已经使我老起来了。愿耻辱降临到罗密欧的头上！

朱丽叶 你说出这样的愿望，你的舌头上就应该长起水疱来！耻辱从来不曾和他在一起，它不敢侵上他的眉宇，因为那是君临天下的荣誉宝座。啊！我刚才把他这样辱骂，我真是个畜生！

乳媪　杀死了你族兄的人，你还说他的好话吗？

朱丽叶　他是我的丈夫，我应当说他的坏话吗？啊！我可怜的丈夫！你三小时的妻子都这样凌辱你的名字，谁还会对它说一句温情的慰藉呢？可是你这恶人，你为什么杀死我的哥哥？他要是不杀死我的哥哥，我凶恶的哥哥就会杀死我的丈夫。回去吧，愚蠢的眼泪，流回到你的源头；你那滴滴的细流本来是悲哀的倾注，可是你却错把它呈献给喜悦。我的丈夫活着，他没有被提伯尔特杀死；提伯尔特死了，他想要杀死我的丈夫！这明明是喜讯，我为什么要哭泣呢？还有两个字比提伯尔特的死更使我痛心，像一柄利刃刺进了我的胸中；我但愿忘了它们，可是，唉！它们紧紧地牢附在我的记忆里,就像萦回在罪人脑中的不可宥恕的罪恶。"提伯尔特死了,罗密欧被放逐了!"放逐了!这"放逐"两个字,就等于杀死了一万个提伯尔特。单单提伯尔特的死,已经可以令人伤心了;即使祸不单行,必须在"提伯尔特死了"这一句话以后,再接上一句不幸的消息。为什么不说你的父亲,或是你的母亲,或是父母两人都死了,那也可以引起一点人情之常的哀悼?可是在提伯尔特的噩耗以后,再接连一记更大的打击,"罗密欧被放逐了!"这句话简直等于说,父亲、母亲、提伯尔特、罗密欧、朱丽叶一起被杀,一起死了。"罗密欧被放逐了!"这一句话里面包含着无穷无际、无极无限的死亡,没有字句能够形容出这里面蕴蓄着的悲伤。——奶妈,我的父亲、我的母亲呢?

乳媪　　他们正在抚着提伯尔特的尸体痛哭。你要去看他们吗？让我带着你去。

朱丽叶　让他们用眼泪洗涤他的伤口，我的眼泪是要留着为罗密欧的放逐而哀哭的。拾起那些绳子来。可怜的绳子，你是失望了，我们俩都失望了，因为罗密欧已经被放逐；他要借着你做接引相思的桥梁，可是我却要做一个独守空闺的怨女而死去。来，绳儿；来，奶妈。我要去睡上我的新床，把我的童贞奉献给死亡！

乳媪　　那么你快到房里去吧；我去找罗密欧来安慰你，我知道他在什么地方。听着，你的罗密欧今天晚上一定会来看你；他现在躲在劳伦斯神父的寺院里，我就去找他。

朱丽叶　啊！你快去找他；把这指环拿去给我忠心的骑士，叫他来做一次最后的诀别。

　　　　　　　　　　　　　　各下

第 三 场

同前。劳伦斯神父的寺院

劳伦斯神父上

劳伦斯 罗密欧,跑出来;出来吧,受惊的人,你已经和坎坷的命运结下了不解之缘。

罗密欧上

罗密欧 神父,什么消息?亲王的判决怎样?还有什么我所不知道的不幸的事情将要来找我?

劳伦斯 我的好孩子,你已经遭逢到太多的不幸了。我来报告你亲王的判决。

罗密欧　除了死罪以外,还会有什么判决?

劳伦斯　他的判决是很温和的:他并不判你死罪,只宣布把你放逐。

罗密欧　嘿!放逐!慈悲一点,还是说"死"吧!不要说"放逐",因为放逐比死还要可怕。

劳伦斯　你必须立刻离开维洛那境内。不要懊恼,这是一个广大的世界。

罗密欧　在维洛那城以外没有别的世界,只有地狱的苦难;所以从维洛那放逐,就是从这世界上放逐,也就是死。明明是死,你却说是放逐,这就等于用一柄利斧砍下我的头,反因为自己犯了杀人罪而扬扬得意。

劳伦斯　哎哟,罪过罪过!你怎么可以这样不知恩德!你所犯的过失,按照法律本来应该处死,幸亏亲王仁慈,特别对你开恩,才把可怕的死罪改成了放逐;这明明是莫大的恩典,你却不知道。

罗密欧　　这是酷刑,不是恩典。朱丽叶所在的地方就是天堂;这儿的每一只猫、每一只狗、每一只小小的老鼠,都生活在天堂里,都可以瞻仰她的容颜,可是罗密欧却看不见她。污秽的苍蝇都可以接触亲爱的朱丽叶皎洁的玉手,从她的嘴唇上偷取天堂中的幸福,那两片嘴唇是这样的纯洁贞淑,永远含着娇羞,好像觉得它们自身的相吻也是一种罪恶;苍蝇可以这样做,我却必须远走高飞,它们是自由人,我却是一个放逐的流徒。你还说放逐不是死吗?难道你没有配好的毒药、锋锐的刀子或者任何其他致命的利器,而必须用"放逐"两个字把我杀害吗?放逐!啊,神父!只有沉沦在地狱里的鬼魂才会用到这两个字,伴着凄厉的呼号;你是一个教士,一个替人忏罪的神父,又是我的朋友,怎么忍心用"放逐"这两个字来寸

|||碌我呢？
劳伦斯|你这痴心的疯子，听我说一句话。
罗密欧|啊！你又要对我说起放逐了。
劳伦斯|我要教给你怎样抵御这两个字的方法，用哲学的甘乳安慰你的逆运，让你忘却被放逐的痛苦。
罗密欧|又是"放逐"！我不要听什么哲学！除非哲学能够制造一个朱丽叶，迁徙一个城市，撤销一个亲王的判决，否则它就没有什么用处。别再多说了吧。
劳伦斯|啊！那么我看疯人是不生耳朵的。
罗密欧|聪明人不生眼睛，疯人何必生耳朵呢？
劳伦斯|让我跟你讨论讨论你现在的处境吧。
罗密欧|你不能谈论你所没有感觉到的事情；要是你也像我一样年轻，朱丽叶是你的爱人，才结婚一小时，就把提伯尔特杀了；要是你也像我一样热恋，像我一样被放逐，那时你才可以讲话，那时你才会像我现在一样扯着你的头发，

倒在地上，替自己量一个葬身的墓穴。

[内叩门声]

劳伦斯　快起来，有人在敲门；好罗密欧，躲起来吧。

罗密欧　我不要躲，除非我心底里发出来的痛苦呻吟的气息，会像一重云雾一样把我掩蔽追寻者的眼睛。[叩门声]

劳伦斯　听！门敲得多么响！——是谁在外面？——罗密欧，快起来，你要给他们捉住了。——等一等！——站起来；[叩门声]跑到我的书斋里去。——就来了！——上帝啊！瞧你多么不听话！——来了，来了！[叩门声]谁把门敲得这么响？你是什么地方来的？你有什么事？

乳媪　[在内]让我进来，你就可以知道我的来意；我是从朱丽叶小姐那里来的。

劳伦斯　那好极了，欢迎欢迎！

乳媪上

乳媪　啊，神父！啊，告诉我，神父，我的小姐的姑爷呢？罗密欧呢？

劳伦斯　在那边地上哭得死去活来的就是他。

乳媪　啊！他正像我的小姐一样，正像她一样！

劳伦斯　唉！真是同病相怜，一般的伤心！她也是这样躺在地上，一边唠叨一边哭，一边哭一边唠叨。起来，起来；是个男子汉就该起来；为了朱丽叶的缘故，为了她的缘故，站起来吧。为什么您要伤心到这个样子呢？

罗密欧　奶妈！

乳媪　唉，姑爷！唉，姑爷！一个人到头来总是要死的。

罗密欧　你刚才不是说起朱丽叶吗？她现在怎么样？我现在已经用她近亲的血玷污了我们的新欢，她不会把我当作一个杀人的凶犯吗？她在什么地方？她怎么样？我这位秘密的新妇对于我们这一段中断的情缘说了些什么话？

乳媪　啊，她没有说什么话，姑爷，只是哭呀哭的，哭个不停；一会儿倒在床上，一会儿又跳了起来；一会儿叫一声提伯尔特，一会儿哭一声罗密欧；然后又倒了下去。

罗密欧　好像我那个名字是从枪口里瞄准了射出来似的，一弹出去就把她杀死了，正像我这一双该死的手杀死了她的亲人一样。啊！告诉我，神父，告诉我，我的名字是在我身上哪一处万恶的地方？告诉我，好让我捣毁这可恨的巢穴。［拔剑］

劳伦斯　放下你鲁莽的手！你是一个男子吗？你的外形是一个男子，你却流着妇人的眼泪；你狂暴的举动简直是一头野兽在无可理喻地咆哮。你这须眉的贱妇，你这人头的畜类！我真想不到你的性情竟会这样毫无涵养。你已经杀死了提伯尔特,你还要杀死你自己吗?你没想到你对自己采取了这种万恶不赦的暴行,就是杀死与你相依为命的你的妻子吗?为什么你要怨恨天地,怨恨你自己的生不逢辰?天地好容易生下你这个人来,你却要亲手把你自己摧毁!呸!呸!你有的是一副堂堂七尺之躯,有的是热情和智慧,你却不知道好好利用它们,这岂不是辜负了你的七尺之躯,辜负了你的热情和智慧?你的堂堂仪表不过是一尊蜡像,没有一点男子汉的血气;你的山盟海誓都是些空虚的谎语,杀害你所发誓珍爱的情人;你的智慧不知指示你的行动、驾驭你的感情,它已经变成了愚妄的谬见,正像装在一个笨拙兵士的枪膛里的火药,本来是自卫的武器,因为不懂得点燃的方法,反而毁损了自己的肢体。怎么!起来吧,孩子!

你刚才几乎要为了你的朱丽叶而自杀,可是她现在好好活着,这是你的第一件幸事。提伯尔特要把你杀死,可是你却杀死了提伯尔特,这是你的第二件幸事。法律上本来规定杀人抵命,可是它对你特别留情,减成了放逐的处分,这是你的第三件幸事。这许多幸事照顾着你,幸福穿着盛装向你献媚,你却像一个倔强乖僻的女孩,向你的命运和爱情噘起了嘴唇。留心,留心,像这样不知足的人是不得好死的。去,快去会见你的情人,按照预定的计划,到她的寝室里去,安慰安慰她;可是在逻骑没有出发以前,你必须及早离开,否则你就到不了曼多亚。你可以暂时在曼多亚住下,等我们觑着机会,把你们的婚姻宣布出来,和解了你们两家的亲族,向亲王请求特赦,那时我们就可以用超过你现在离别的悲痛二百万倍的欢乐招呼你回来。奶妈,你先去,替我向你家小姐致意;叫她设法催促她家里的人早早安睡,他们在遭到这样重大的悲伤以后,这是很容易办到的。你对她说,罗密欧就要来了。

乳媪　主啊!像这样好的教训,我就是在这儿听上一整夜都愿意;啊!真是有学问的人说的话!姑爷,我就去对小姐说您就要来了。

罗密欧　很好,请你再叫我的爱人预备好一顿责骂。

乳媪　姑爷,这个戒指小姐叫我拿来送给您,请您赶快就去,天色已经很晚了。

下

罗密欧　现在我重新得到了多大的安慰!

劳伦斯　去吧,晚安!你的命运在此一举:你必须在巡逻者没有开始查缉以前脱身,否则就得在黎明时候化装逃走。你就在曼多亚安下身来;我可以找到你的仆人，倘使这儿有什么关于你的好消息，我会叫他随时通知你。把你的手给我。时候不早了，再会吧。

罗密欧 倘不是一种超乎一切喜悦的喜悦在招呼着我，像这样匆匆的离别一定会使我黯然神伤。再会！

各下

第 四 场

同前。凯普莱特家中一室

凯普莱特、凯普莱特夫人及

帕里斯上

凯普莱特　　伯爵，舍间因为遭逢变故，我们还没有时间去开导小女；您知道她跟她那个表兄提伯尔特是友爱甚笃的，我也非常喜欢他；唉！人生不免一死，也不必再去说他了。现在时间已经很晚，她今夜不会再下来了；不瞒您说，倘不是您大驾光临，我也早在一小时以前

　　　　　　　上床啦。

帕里斯　　　我在你们正在伤心的时候来此求婚,实在是太冒昧了。晚安,伯母;请您替我向令爱致意。

凯普莱特夫人　好,我明天一早就去探听她的意思;今夜她已经怀着满腔的悲哀关上门睡了。

凯普莱特　　帕里斯伯爵,我可以大胆替我的孩子做主,我想她一定会绝对服从我的意志;是的,我对于这一点可以断定。夫人,你在临睡以前先去看看她,把这位帕里斯伯爵向她求爱的意思告诉她;你再对她说,听好我的话,叫她在星期三——且慢!今天星期几?

帕里斯　　　星期一,老伯。

凯普莱特　　星期一!哈哈!好,星期三是太快了点儿,那么就星期四吧。对她说,在这个星期四,她就要嫁给这位尊贵的伯爵。您来得及准备吗?您不嫌太匆促吗?咱们也不必十分铺张,略为请几位亲友就够了；因为提伯尔特才死不久，他是我们自己家里的人，要是我们大开欢宴，人家也许会说我们对去世的人太没有情分。所以我们只要请五六个亲友，把仪式举行一下就算了。您说星期四怎样？

帕里斯 老伯，我但愿星期四便是明天。

凯普莱特 好，你去吧，那么就星期四。夫人，你在临睡前先去看看朱丽叶，叫她预备预备，好做起新娘来啊。再见，伯爵。喂！掌灯！时候已经很晚了，等一会儿我们就要说时间很早了。晚安！

各下

第 五 场

同前。朱丽叶的卧室

罗密欧及朱丽叶上

朱丽叶　你现在就要走了吗？天亮还有一会儿呢。那刺进你惊恐的耳膜中的不是云雀，是夜莺的声音；它每天晚上在那边的石榴树上歌唱。相信我，爱人，那是夜莺的歌声。

罗密欧　那是报晓的云雀，不是夜莺。瞧，爱人，不作美的晨曦已经在东天的云朵上镶起了金线，夜晚的星光已经烧尽，愉快的白昼蹑足踏上了迷雾的山巅。我必须到别处去找寻生路，或者留在这儿束手等死。

朱丽叶　那光明不是晨曦，我知道；那是从太阳中吐射出来的流星，要在今夜替你拿着火炬，照亮你到曼多亚去。所以你不必急着去，再耽搁一会儿吧。

罗密欧　让我被他们捉住，让我被他们处死；只要是你的意思，我就毫无怨恨。我愿意说那边灰白色的云彩不是黎明睁开它的睡眼，那不过是从月亮的眉宇间反映出来的微光；那响彻云霄的歌声也不是出于云雀的喉中。我巴不得留在这里，永远不要离开。来吧，死，我欢迎你！因为这是朱丽叶的意思。怎么，我的灵魂？让我们谈谈；天还没有亮哩。

朱丽叶　天已经亮了，天已经亮了；快走吧，快走吧！那唱得这样刺耳、嘶着粗涩的噪声和讨厌的锐音的，正是天际的云雀。有人说云雀会发出千变万化的甜蜜歌声，这句话一点不对，因为它只使我们彼此分离；有人说云雀曾经和丑恶的蟾蜍交换眼睛，啊！我但愿它们也交换了声音，因为那声音使你离开了我的怀抱，用催人梦醒的晨歌催促你登程。啊！现在你快走吧；天越来越亮了。

罗密欧　天越来越亮，我们悲哀的心却越来越黑暗。

乳媪上

乳媪　小姐！

朱丽叶　奶妈？

乳媪　你的母亲就要到你房里来了。天已经亮啦，小心点儿。

下

朱丽叶　那么，窗啊，让白昼进来，让生命出去。

罗密欧　再会，再会！给我一个吻，我就下去。

[由窗口下降]

朱丽叶　　你就这样走了吗？我的夫君，我的爱人，我的朋友！我必须每天每时听到你的消息，因为一分钟将似漫长的许多天。啊！照这样计算起来，等我再看见我的罗密欧的时候，我不知道已经老到怎样了。

罗密欧　　再会！我绝不放弃任何的机会，爱人，向你传达我的衷忱。

朱丽叶　　啊！你想我们会不会再有见面的日子？

罗密欧　　一定会有的；我们现在这一切悲哀痛苦，到将来便是握手谈心的话资。

朱丽叶　　上帝啊！我有一个预感不祥的灵魂；你现在站在下面，我仿佛望见你像一具坟墓底下的尸骸。也许是我的眼光昏花，否则就是你的面容太惨白了。

罗密欧　　相信我，爱人，在我的眼中你也是这样；忧伤吸干了我们的血液。再会！再会！

朱丽叶　　　命运啊命运！谁都说你反复无常；要是你真的反复无常，那么你怎样对待一个忠贞不贰的人呢？愿你不要改变你轻浮的天性，因为这样也许你会早早打发他回来。

凯普莱特夫人　　[在内]喂，女儿！你起来了吗？

朱丽叶　　　谁在叫我？是我的母亲吗？——难道她这么晚还没有睡觉，还是这么早就起来了？什么特殊的原因使她到这儿来？

凯普莱特夫人上

凯普莱特夫人　　啊！怎么，朱丽叶！

朱丽叶　　　母亲，我不大舒服。

凯普莱特夫人　　老是为了你表兄的死而掉泪吗？什么！你想用眼泪把他从坟墓里冲出来吗？就是冲得出来，你也没法子叫他复活，所以还是算了吧。适当的悲哀可以表示感情的深切，过度的伤心却可以证

|||明智慧的欠缺。

朱丽叶　　　可是让我为了这样一个痛心的损失而流泪吧。

凯普莱特夫人　损失固然痛心，可是一个失去的亲人不是眼泪哭得回来的。

朱丽叶　　　因为这损失实在太痛心了，我不能不为了失去的亲人而痛哭。

凯普莱特夫人　好，孩子，人已经死了，你也不用多哭他了；顶可恨的是那杀死他的恶人仍旧活在世上。

朱丽叶　　　什么恶人，母亲？

凯普莱特夫人　就是罗密欧那个恶人。

朱丽叶　　　[旁白]恶人跟他相去真有十万八千里呢。——上帝饶恕他！我愿意全心饶恕他；可是没有一个人像他那样使我心里充满了悲伤。

凯普莱特夫人　那是因为这个万恶的凶手还活在世上。

朱丽叶　　　是的，母亲，我恨不得把他抓在我的手里。但愿我能够亲手报这杀兄之仇！

凯普莱特夫人 我们一定要报仇的,你放心吧,别再哭了。这个亡命的流徒现在到曼多亚去了,我要差一个人到那边去,用一种稀有的毒药把他毒死,让他早点儿跟提伯尔特见面,那时候我想你一定可以满足了。

朱丽叶 真的,我心里永远不会感到满足,除非我看见罗密欧在我的面前——死去;我这颗可怜的心是这样为了一个亲人而痛楚!母亲,要是您能够找到一个愿意带毒药去的人,让我亲手把它调好,好叫那罗密欧服下以后就会安然睡去。唉!我心里多么难过,只听到他的名字,却不能赶到他的面前,为了我对哥哥的感情,我巴不得能在那杀死他的人的身上报这个仇!

凯普莱特夫人 你去想办法准备(毒药)吧,我一定可以找到这样一个人。可是,孩子,现在我要告诉你好消息了。

朱丽叶	在这样不愉快的时候,好消息来得真是及时。请问母亲,是什么好消息呢?
凯普莱特夫人	哈哈,孩子,你有一个体贴你的好爸爸哩;他为了替你排解愁闷,已经为你选定了一个大喜的日子,不但你想不到,就是我也没有想到。
朱丽叶	母亲,快告诉我,是什么日子?
凯普莱特夫人	哈哈,我的孩子,星期四的早晨,那位风流年少的贵人帕里斯伯爵,就要在圣彼得教堂里娶你做他幸福的新娘了。
朱丽叶	凭着圣彼得教堂和圣彼得的名字起誓,我绝不让他娶我做他幸福的新娘。世间哪有这样匆促的事情,人家还没有来向我求过婚,我倒先做了他的妻子!母亲,请您对我的父亲说,我现在还不愿意出嫁;就是要出嫁,我可以发誓,我也宁愿嫁给我所痛恨的罗密欧,不愿嫁给帕里斯。真是些好消息!
凯普莱特夫人	你爸爸来啦;你自己对他说去,看他会

不会听你的话。

凯普莱特及乳媪上

凯普莱特　　　太阳西下的时候，天空中落下了蒙蒙的细露；可是我的侄儿死了，却有倾盆的大雨送着他下葬。怎么！装起喷水管来了吗，孩子？咦！还在哭吗？雨到现在还没有停吗？你这小小的身体里面也有船，也有海，也有风；因为你的眼睛就是海，永远有泪潮在那儿涨退；你的身体是一艘船，在这泪海上面航行；你的叹息是海上的狂风；你的身体经不起风浪的吹打，会在这汹涌的怒海中覆没的。怎么，妻子！你没有把我们的主张告诉她吗？

凯普莱特夫人　　我告诉她了！可是她说谢谢你，她不要嫁人。我希望这傻丫头还是死了干净！

凯普莱特　　　且慢！讲明白点儿，讲明白点儿，妻子。怎么！她不要嫁人吗？她不谢谢我们吗？她不称心吗？像她这样一个贱丫

|||头，我们替她找到了这么一位高贵的绅士做她的新郎，她还不想想这是多大的福气吗？

朱丽叶　　我没有喜欢，只有感激；你们不能勉强我喜欢一个我对他没有好感的人，可是我感激你们爱我的一片好心。

凯普莱特　　怎么！怎么！胡说八道！这是什么话？什么"喜欢"与"不喜欢"，"感激"与"不感激"！好丫头，我也不要你感谢，我也不要你喜欢，只要你预备好星期四到圣彼得教堂里去跟帕里斯结婚；你要是不愿意，我就把你装在木笼里拖了去。不要脸的死丫头，贱东西！

凯普莱特夫人　　哎哟！哎哟！你疯了吗？

朱丽叶　　好爸爸，我跪下来求求您，请您耐心听我说一句话。

凯普莱特　　该死的小贱妇！不孝的畜生！我告诉你，星期四给我到教堂里去，不然以后再也不要见我的面。不许说话，不要回答我；我的手指正痒着呢。——夫人，我们常常怨叹自己福薄，只生下这一个孩子；可是现在我才知道，就是这一个已经太多了，总是家门不幸，出了这一个冤孽！不要脸的贱货！

乳媪　　　　上帝祝福她！老爷，您不该这样骂她。

凯普莱特　　为什么不该！我聪明的老太太？谁要你多嘴，我的好大娘？你去跟你那些婆婆妈妈谈天去吧，去！

乳媪　　　　我又没有说过一句冒犯您的话。

凯普莱特　　啊，去你的吧。

乳媪　　　　就不能让人开口吗？

凯普莱特　　闭嘴，你这叽里咕噜的蠢婆娘！我们不要听你的教训。

凯普莱特夫人　你的脾气太躁了。

凯普莱特　　哼！我气都气疯啦。每天每夜，时时刻刻，不论忙着空着，独自一个人或是跟别人在一起，我心里总是在盘算着怎样把她许配给一个好好的人家，现在好容易找到一位出身高贵的绅士,又有家私,又年轻,又受过高尚的教养,正是人家说的十二分的人才,好到没的说了;偏偏这个不懂事的傻丫头放着送上门来的好福气不要,说什么"我不要结婚","我不懂恋爱","我年纪太小","请你原谅我";好,你要是不愿意嫁人,我可以放你自由,尽你的意思到什么地方去,我这屋子里可容不得你了。你给我想想明白,我是一向说到做到的。星期四就在眼前;自己仔细考虑考虑。你倘然是我的女儿,就得听我的话,嫁给我的朋友;你倘然不是我的女儿,那么你去上吊也好,做叫花子也好,挨饿也好,死在街道上也好,我都不管,因为凭着我的灵魂起誓,我是再也不会认你这个女儿的,你也别想我会分一点什么给你。我不会骗你,你想一想吧;我已经发过誓了,我一定要把它做到。

下

朱丽叶　天知道我心里是多么难过,难道它竟会不给我一点慈悲吗?啊,我亲爱的母亲!不要丢弃我!把这门亲事延期一个月或是一个星期也好;或者要是您不答应我,那么请您把我的新床安放在提伯尔特长眠的幽暗的坟茔里吧!

凯普莱特夫人　不要对我讲话,我没有什么话好说。随你的便吧,我是不管你啦。

下

朱丽叶　上帝啊!啊,奶妈!这件事情怎么避过去呢?我的丈夫还在世间,我的誓言已经上达天听;倘使我的誓言可以收回,那么除非我的丈夫已经脱离人世,从天上把他送还给我。安慰安慰我,替我想想办法吧。唉!想不到天也会捉弄像我这样一个柔弱的人!你怎么说?难道你没有一句可以使我快乐的

	话吗?奶妈,给我一点安慰吧!
乳媪	好,那么你听我说。罗密欧是已经放逐了;我可以拿随便什么东西跟你打赌,他再也不敢回来责问你,除非他偷偷地溜回来。事情既然这样,那么我想你最好还是跟那伯爵结婚吧。啊!他真是个可爱的绅士!罗密欧比起他来,只能算是一块抹布;小姐,一只鹰也没有像帕里斯那样一双碧绿、锐利、美丽的眼睛。说句该死的话,我想你这第二个丈夫比第一个丈夫好得多啦;纵然不是好得多,可是你的第一个丈夫虽然还在世上,对你已经没有什么用处,也就跟死了差不多啦。
朱丽叶	你这些话是从心里说出来的吗?
乳媪	那不但是我心里的话,也是我灵魂里的话;倘有虚假,让我的灵魂下地狱。
朱丽叶	阿门!
乳媪	什么!

朱丽叶 好，你已经给了我很大的安慰。你进去吧，告诉我的母亲说我出去了，因为得罪了我的父亲，要到劳伦斯的寺院里去忏悔我的罪过。

乳媪 很好，我就这样告诉她；这才是聪明的办法哩。

下

朱丽叶 老而不死的魔鬼！顶丑恶的妖精！她希望我背弃我的盟誓；她几千次向我夸奖我的丈夫，说他比谁都好，现在却又用同一条舌头说他的坏话！去，我的顾问；从此以后，我再也不把你当作心腹看待了。我要到神父那儿去向他求救；要是一切办法都已用尽，我还有死这条路。

下

第四幕

ACT IV

❖

DEATH LIES ON HER LIKE
AN UNTIMELY FROST
UPON THE SWEETEST FLOWER
OF ALL THE FIELD.

死像一阵未秋先降的寒霜,
摧残了这朵最鲜嫩的娇花。

第 一 场

维洛那。劳伦斯神父的寺院

劳伦斯神父及帕里斯上

劳伦斯 在星期四吗,伯爵?时间未免太匆促了。

帕里斯 这是我的岳父凯普莱特的意思;他既然这样性急,我也不愿把时间延迟下去。

劳伦斯 您说您还没有知道那小姐的心思;我不赞成这种片面决定的事情。

帕里斯 提伯尔特死后她伤心过度,所以我没有跟她多谈恋爱,因为在一间哭哭啼啼的屋子里,维纳斯是露不出笑容来的。

神父，她的父亲因为瞧她这样一味忧伤，恐怕会发生什么意外，所以才决定提早替我们完婚，免得她一天到晚哭得像个泪人儿一般；一个人在房间里最容易触景伤情，要是有了伴侣，也许可以替她排除悲哀。现在您可以知道我这次匆促结婚的理由了。

劳伦斯　[*旁白*]我希望我不知道它必须延迟的理由。——瞧，伯爵，这位小姐到我寺里来了。

朱丽叶上

帕里斯　您来得正好，我的爱妻。

朱丽叶　伯爵，等我做了妻子以后，也许您可以这样叫我。

帕里斯　爱人，也许到星期四这就要成为事实了。

朱丽叶　事实是无可避免的。

劳伦斯　那是当然的道理。

帕里斯　您是来向这位神父忏悔的吗？

朱丽叶　回答您这个问题，我就必须向您忏悔了。

帕里斯　　不要在他的面前否认您爱我。

朱丽叶　　我愿意在您的面前承认我爱他。

帕里斯　　我相信您也一定愿意在我的面前承认您爱我。

朱丽叶　　要是我必须承认,那么在您的背后承认,比在您的面前承认好得多啦。

帕里斯　　可怜的人儿!眼泪已经毁损了你的美貌。

朱丽叶　　眼泪并没有得到多大的胜利,因为我这副容貌在没有被眼泪毁损以前,已经够丑了。

帕里斯　　你不该说这样的话诽谤你的美貌。

朱丽叶　　这不是诽谤,伯爵,这是实在的话,我当着我自己的脸说的。

帕里斯　　你的脸是我的,你不该侮辱它。

朱丽叶　　也许是的,因为它不是我自己的。神父,您现在有空吗?还是让我在晚祷的时候再来?

劳伦斯　　我现在有空,多愁的女儿。伯爵,我们现在必须请您离开一下。

帕里斯　　我不敢打扰你们的祈祷。朱丽叶,星期四一早我就来叫醒你;现在我们再会吧,请你保留下这一个神圣的吻。

下

朱丽叶　　啊!把门关了!关了门,再来陪着我哭吧。没有希望、没有补救、没有挽回了!

劳伦斯　　啊,朱丽叶!我早已知道你的悲哀,实在想不出一个万全的计策。我听说你在星期四必须跟这伯爵结婚,而且毫无拖延的可能了。

朱丽叶　　神父,不要对我说你已经听见这件事情,除非你能够告诉我怎样避免它;要是你的智慧不能帮助我,那么只要你赞同我的决心,我就可以立刻用这把刀解决一切。上帝把我的心和罗密欧的心结合在一起,我们两人的手是你替我们结合的;要是我这一只已经由你证明和罗密欧缔盟的手再去和别人缔结新盟,或是我的忠贞的心起了叛变,

　　　　投进别人的怀里，那么这把刀可以割下这背盟的手，诛戮这叛变的心。所以，神父，凭着你丰富的见识阅历，请你赶快给我一些指教，否则瞧吧，这把血腥气的刀，就可以在我跟我的困难之间做一个公证人，替我解决你的经验和才能所不能替我觅得一个光荣解决的难题。不要老是不说话；要是你不能指教我一个补救的办法，那么我除了一死以外，没有别的希冀。

劳伦斯　住手，女儿；我已经望见了一线希望，可是那必须用一种非常的手段，方才能够抵御这种非常的变故。要是你因为不愿跟帕里斯伯爵结婚，能够毅然立下视死如归的决心，那么你也一定愿意采取一种与死无异的办法，来避免这种耻辱；倘然你敢冒险一试，我就可以把办法告诉你。

朱丽叶　啊！只要不嫁给帕里斯，你可以叫我从那边塔顶的雉堞上跳下来；你可以叫我在盗贼出没、毒蛇潜迹的路上匍匐行走；把我和咆哮的怒熊锁禁在一起；或者在夜间把我关在堆积尸骨的地窟里，用许多陈死的白骨、霉臭的腿胴和失去下颚的焦黄的骷髅掩盖我的身体；或者叫我跑进一座新坟里去，把我隐匿在死人的殓衾里；无论什么使我听了战栗的事，只要可以让我活着对我的爱人做一个纯洁无瑕的妻子，我都愿意毫不恐惧、毫不迟疑地去做。

劳伦斯　好，那么放下你的刀；快快乐乐地回家去，答应嫁给帕里斯。明天就是星期三了；明天晚上你必须一人独睡，别让你的奶妈睡在你的房间里；这个药瓶你拿去，等你上床以后，就把这里面炼就的汁液一口喝下，那时就会有一阵昏昏沉沉的寒气通过你全身的血管，接着脉搏就会停止跳动；没有一丝热气和呼吸可以证明你还活着；你的嘴唇和颊上的红色都会变成灰白；你的眼睑闭下，就像死神的手关闭了生命的白昼；你身上的每一部分都失去了灵活的控制，都像死一样僵硬寒冷；在这种与死无异的状态中，你必须经过四十二小时，然后，你就仿佛从一场酣睡中醒了过来。当那新郎在早晨来催你起身的时候，他们会发现你已经死了，然后，照着我们国里的规矩，他们就要替你穿起盛装，用柩车载着你到凯普莱特族中祖先的坟茔里。同时因为要预备你醒来，我可以写信给罗密欧，告诉他我们的计划，叫他立刻到这儿来；我跟他两个人就守在你的身边，等你一醒过来，当夜就叫罗密欧带着你到曼多亚去。只要你不临时变卦，不中途气馁，这个办法一定可以使你避免这一场眼前的耻辱。

朱丽叶　给我！给我！啊，不要对我说起"害怕"两个字！

劳伦斯　拿着；你去吧，愿你立志坚强，前途顺利！我就叫一个弟兄飞快到曼多亚，带我的信去送给你的丈夫。

朱丽叶　爱情啊，给我力量吧！只有力量可以搭救我。再会，亲爱的神父！

各下

第 二 场

同前。凯普莱特家中厅堂

凯普莱特、凯普莱特夫人、

乳媪及众仆上

凯普莱特 这单子上有名字的,都是要去邀请的客人。

仆甲下

来人,给我去雇二十个有本领的厨子来。

仆乙 老爷,您请放心,我一定看他们会不会舔自己的手指头。

凯普莱特 你怎么知道他们能做菜呢?

仆乙　　　呀,老爷,做了菜不乐意舔自己手指头的厨子不是好厨子,我肯定找那些会舔自己手指头的。

凯普莱特　好,去吧。咱们这一次实在有点儿措手不及。什么!我的女儿到劳伦斯神父那里去了吗?

乳媪　　正是。

凯普莱特　好,也许他可以劝告劝告她;真是个乖僻不听话的浪蹄子!

乳媪　　我瞧她已经忏悔完毕,高高兴兴地回来啦。

朱丽叶上

凯普莱特　啊,我倔强的丫头!你荡到什么地方去啦?

朱丽叶　我因为自知忤逆不孝,违抗了您的命令,所以特地前去忏悔我的罪过。现在我听从劳伦斯神父的指教,跪在这儿请您宽恕。爸爸,请您宽恕我吧!从此以后,我永远听您的话。

凯普莱特　去请伯爵来，对他说，我要把婚礼改在明天早上举行。

朱丽叶　我在劳伦斯寺里遇见了这位少年伯爵；我已经在不超过礼法的范围以内，向他表示过我的爱情了。

凯普莱特　啊，那很好，我很高兴。站起来吧，这样才对。让我见见这伯爵；喂，快去请他过来。多谢上帝，把这位可尊敬的神父赐给我们！我们全城的人都感戴他的好处。

朱丽叶　奶妈，请你陪我到我的房间里去，帮我检点检点衣饰，看有哪几件可以在明天穿戴。

凯普莱特夫人　不，还是到星期四再说吧，急什么呢？

凯普莱特　去，奶妈，陪她去。我们一定明天上教堂。

朱丽叶及乳媪下

凯普莱特夫人　我们现在预备起来怕来不及，天已经快黑了。

凯普莱特 胡说！我现在就动手起来，你瞧着吧，太太，到明天一定什么都安排得好好的。你快去帮朱丽叶打扮打扮；我今天晚上不睡了，让我一个人在这儿做一次管家婆。喂！喂！这些人一个都不在。好，让我自己跑到帕里斯那里去，叫他准备明天做新郎。这个倔强的孩子现在回心转意，真叫我高兴得不得了。

各下

第 三 场

同前。朱丽叶的卧室

朱丽叶及乳媪上

朱丽叶　嗯,那些衣服都很好。可是,好奶妈,今天晚上请你不用陪我,因为我还要念许多祷告,求上天宥恕我过去的罪恶,默佑我将来的幸福。

凯普莱特夫人上

凯普莱特夫人　啊!你正在忙着吗?要不要我帮你?

朱丽叶　不,母亲!我们已经选择好了明天需用的一切,所以现在请您让我一个人在这儿吧；让奶妈今天晚上陪着您不睡，因为我相信这次事情办得太匆促了，您一定忙得不可开交。

凯普莱特夫人 晚安！早点睡觉，你应该好好休息休息。

凯普莱特夫人及乳媪下

朱丽叶 再会！上帝知道我们将在什么时候相见。我觉得仿佛有一阵寒战刺激着我的血液，简直要把生命的热流冻结起来似的；待我叫她们回来安慰安慰我。奶妈！——要她到这儿来干吗？这凄惨的场面必须让我一个人扮演。来，药瓶。要是这药水不发生效力呢？那么我明天早上就必须结婚吗？不，不，这把刀会阻止我；你躺在那儿吧。[将匕首置枕边] 也许这瓶里是毒药，那神父因为已经替我和罗密欧证婚，现在我再跟别人结婚，恐怕损害他的名誉，所以有意骗我服下去毒死我；我怕也许会有这样的事；可是他一向是众所公认的道高德重的人，我想大概不至于；我不能抱着这样卑劣的思想。要是我在坟墓里醒了过来，罗密欧还没有到来把我救出去呢？这倒是很可怕的一点！那时我不是要在终年透不进一丝新鲜空气的地窟里活活闷死，等不到我的罗密欧到来吗？即使不闷死，那死亡和长夜的恐怖，那古墓中阴森的气象，几百年来我祖先的尸骨都堆积在那里，入土未久的提伯尔特蒙着他的殓衾，正在那里腐烂；人家说，一到晚上，鬼魂便会归返他们的墓穴；唉！唉！要是我太早醒来，这些恶臭的气味，这些使人听了会发疯的凄厉的叫声；啊！要是我醒来，周围都是这种吓人的东西，我不会心神迷乱，疯狂地抚弄着我祖宗的骨骼，把肢体溃烂的提伯尔特拖出他的殓衾吗？在这样疯狂的状态中,我不会拾起一根老祖宗的骨头来,当作一根棍子,打破我发昏的头颅吗?啊,瞧!那不是提伯尔特的鬼魂,正在那里追赶罗密欧,报复他的一剑之仇吗?等一等,提伯尔特,等一等!罗密欧,我来了!我为你干了这一杯! [倒在幕内的床上]

第 四 场

同前。凯普莱特家中厅堂

凯普莱特夫人及乳媪上

凯普莱特夫人 奶奶,把这串钥匙拿去,再拿一点香料来。

乳媪 点心房里在喊着要枣子和榲桲呢。

凯普莱特上

凯普莱特 来,赶紧点儿,赶紧点儿!鸡已经叫了第二次,晚钟已经打过,到三点钟了。好安吉丽加[12],当心看看肉饼有没有烤焦。多花几个钱没有关系。

乳媪	走开，走开，你这个婆婆妈妈的人；快去睡吧，今天忙了一个晚上，明天又要害病了。
凯普莱特	不，哪儿的话！嘿，我为了没要紧的事，也曾经整夜不睡，几时害过病？
凯普莱特夫人	对啦，你从前也是惯偷女人的夜猫儿，可是现在我却不放你出去胡闹啦。

凯普莱特夫人及乳媪下

凯普莱特	真是个醋娘子！真是个醋娘子！

三四仆人持炙叉、木柴及篮上

凯普莱特	喂，这是什么东西？
仆甲	老爷，都是拿去给厨子的，我也不知道是什么东西。
凯普莱特	赶紧点儿，赶紧点儿。

仆甲下

喂，木头要拣干燥点儿的，你去问彼得，他可以告诉你什么地方有。

仆乙	老爷，我自己也长着眼睛会拣木头，用不着麻烦彼得。

下

凯普莱特　嘿，倒说得有理，这个淘气的小杂种！哎哟！天已经亮了，伯爵就要带着乐工来了，他说过的。[内乐声]我听见他已经走近了。奶妈！妻子！喂，喂！喂，奶妈呢？

乳媪重上

凯普莱特　快去叫朱丽叶起来，把她打扮打扮；我要去跟帕里斯谈天去了。快去，快去，赶紧点儿；新郎已经来了；赶紧点儿！

各下

第 五 场

同前。朱丽叶的卧室

乳媪上

乳媪 小姐!喂,小姐!朱丽叶!她准是睡熟了。喂,小羊!喂,小姐!哼,你这懒丫头!喂,亲亲!小姐!心肝!喂,新娘!怎么!一声也不响?现在尽你睡去,尽你睡一个星期;到今天晚上,帕里斯伯爵可不让你安安静静休息一会儿。上帝饶恕我,阿门,她睡得多熟!我必须叫她醒来。小姐!

小姐！小姐！好，让那伯爵自己到你床上来吧，那时你可要吓得跳起来了，是不是？怎么！衣服都穿好了，又睡下去了吗？我必须把你叫醒。小姐！小姐！小姐！哎哟！哎哟！救命！救命！我的小姐死了！哎哟！我还活着做什么！喂，拿一点酒来！老爷！太太！

凯普莱特夫人上

凯普莱特夫人 吵什么？

乳媪 哎哟，好伤心啊！

凯普莱特夫人 什么事？

乳媪 瞧，瞧！哎哟，好伤心啊！

凯普莱特夫人 哎哟，哎哟！我的孩子，我唯一的生命！醒来！睁开你的眼睛来！你死了，叫我怎么活得下去？救命！救命！大家来啊！

凯普莱特上

凯普莱特 还不送朱丽叶出来，她的新郎已经来啦。

乳媪 她死了,死了,她死了!哎哟,伤心啊!

凯普莱特夫人 唉!她死了,她死了,她死了!

凯普莱特 嘿!让我瞧瞧。哎哟!她身上冰冷的;她的血液已经停止流动,她的手脚都硬了;她的嘴唇里已经没有了生命的气息;死像一阵未秋先降的寒霜,摧残了这朵最鲜嫩的娇花。

乳媪 哎哟,好伤心啊!

凯普莱特夫人 哎哟,好苦啊!

凯普莱特 死神夺去了我的孩子,他使我悲伤得说不出话来。

劳伦斯神父、帕里斯及乐工等上

劳伦斯 来,新娘有没有预备好上教堂去?

凯普莱特 她已经预备动身,可是这一去再回不来了。啊,贤婿!死神已经在你新婚的前夜降临到你妻子的身上。她躺在那里,像一朵被他摧残了的鲜花。死神是我的新婿,是我的后嗣,他已经娶走了我的女儿。我也快要死了,把我的一切都传给他;我的生命财产,一切都是死神的!

帕里斯 难道我眼巴巴望到天明,却让我看见这个凄惨的情景吗?

凯普莱特夫人 倒霉的、不幸的、可恨的日子!永无休止的时间运行中,最悲惨的时辰!我就生了这一个孩子,这个可怜的疼爱的孩子,她是我唯一的宝贝和安慰,现在却被残酷的死神从我眼前夺了去啦!

乳媪 好苦啊!好苦的、好苦的、好苦的日子啊!我这一生一世里顶伤心的日子,顶凄凉的日子!哎哟,这个日子!这个可恨的日子!从来不曾见过这样倒霉的日子!好苦的、好苦的日子啊!

帕里斯 最可恨的死,你欺骗了我,杀害了她,拆散了我们的良缘,一切都被残酷的、残酷的你破坏了!啊!爱人!啊,我的生命！没有生命，只有被死亡吞噬了的爱情！

凯普莱特 悲痛的命运，为什么你要来打破、打破我们的盛礼？儿啊！儿啊！我的灵魂，你死了！你已经不是我的孩子了！死了！唉！我的孩子死了，我的快乐也随着我的孩子埋葬了！

劳伦斯 静下来！不害羞吗？你们这样乱哭乱叫是无济于事的。上天和你们共有这一个好女儿；现在她已经完全属于上天所有，这是她的幸福，因为你们不能使她的肉体避免死亡，上天却能使她的灵魂得到永生。你们竭力替她找寻一个美满的前途，因为你们的幸福寄托在她的身上；现在她高高地升上云中去了，你们却为她哭泣吗？啊！你们瞧着她享受最大的幸福，却这样发疯一样号啕叫喊，这可以算是真爱你们的女儿吗？活着，嫁了人，一直到

　　　　　　老，这样的婚姻有什么乐趣呢？在年轻的时候结了婚而死去，才是最幸福不过的。揩干你们的眼泪，把你们的香花散布在这美丽的尸体上，按照习惯，把她穿着盛装抬到教堂里去。愚痴的天性虽然使我们伤心痛哭，可是在理智眼中，这些天性的眼泪却是可笑的。

凯普莱特　我们本来为了喜庆预备好的一切，现在都要变成悲哀的殡礼；我们的乐器要变成忧郁的丧钟，我们的婚宴要变成凄凉的丧席，我们的赞美诗要变成沉痛的挽歌，新娘手里的鲜花要放在坟墓中殉葬，一切都要相反而行。

劳伦斯　　凯普莱特先生，您进去吧；夫人，您陪他进去；帕里斯伯爵，您也去吧；大家准备送这具美丽的尸体下葬。上天的愤怒已经降临在你们身上，不要再违背他的意旨，招致更大的灾祸。

>凯普莱特夫妇、帕里斯、
>劳伦斯同下

乐工甲　真的,咱们也可以收起笛子走啦。

乳媪　啊!好兄弟们,收起来吧,收起来吧;这真是一场伤心的横祸!

>下

乐工甲　唉,我巴不得这事有什么办法补救才好。

彼得上

彼得　乐工!啊!乐工,《心里的安乐》,《心里的安乐》!啊!替我奏一曲《心里的安乐》,否则我要活不下去了。

乐工甲　为什么要奏《心里的安乐》呢?

彼得　啊!乐工,因为我的心在那里唱着《我心里充满了忧伤》。啊!替我奏一支快活的歌儿,安慰安慰我吧。

乐工甲　不奏不奏,现在不是奏乐的时候。

彼得　那么你们不奏吗?

乐工甲　不奏。

彼得　那么我就给你们——

乐工甲　你给我们什么?

彼得　我可不给你们钱,哼!我要给你们一顿骂;我骂你们是一群卖唱的叫花子。

乐工甲　那么我就骂你是个下贱的奴才。

彼得　那么我就把奴才的刀搁在你们的头颅上。我绝不含糊:不是高音,就是低调,你们听见了吗?

乐工甲　什么高音低调,你倒还得懂这一套。

乐工乙　且慢,君子动口,小人动手。

彼得　好,那么让我用唇枪舌剑杀得你们抱头鼠窜。有本领的,回答我这个问题:

> 悲哀伤痛着心灵,
>
> 忧郁萦绕在胸怀,
>
> 唯有音乐的银声——

为什么说"银声"?为什么说"音乐的银声"?西门·凯特林,你怎么说?

乐工甲　因为银子的声音很好听。

彼得　说得好!休·利培克,你怎么说?

乐工乙　因为乐工奏乐的目的,是想人家赏他一些银子。

彼得　说得好！詹姆士·桑德普斯特，你怎么说？

乐工丙　不瞒你说，我可不知道应当怎么说。

彼得　啊！对不起，你是只会唱唱歌的；我替你说了吧：因为乐工尽管奏乐奏到老死，也换不到一些金子。

　　　唯有音乐的银声，
　　　可以把烦闷推开。

下

乐工甲　真是个讨厌的家伙！

乐工乙　该死的奴才！来，咱们且慢回去，等吊客来的时候吹奏两声，吃他们一顿饭再走。

同下

第五幕

ACT V

❖

COME, BITTER CONDUCT,
COME, UNSAVOURY GUIDE!
THOU DESPERATE PILOT, NOW
AT ONCE RUN ON
THE DASHING ROCKS THY SEA-
SICK WEARY BARK!
HERE'S TO MY LOVE!

来,苦味的向导,绝望的舵手,
现在赶快把你厌倦于风涛的船舶
向那巉岩上冲撞过去吧!
为了我的爱人,我干了这一杯!

第 一 场

曼多亚。街道

罗密欧上

罗密欧　要是梦寐中的幻景果然可以代表真实，那么我的梦预兆着将有好消息到来；我觉得心恬神宁，整日里有一种前所未有的精神，用快乐的思想使我从地面上飘扬起来。我梦见我的爱人来看见我死了——奇怪的梦，一个死人也会思想！——她吻着我，把生命吐进了我的嘴唇里，于是我复活了，并且成为一个君王。唉!仅仅是爱的影子,已经给人这样丰富的欢乐,要是能占有爱的本身,那该有多么甜蜜!

鲍尔萨泽上

罗密欧　从维洛那来的消息!啊,鲍尔萨泽!不是神父叫你带信来给我吗?我的爱人怎样?我父亲好吗?我再问你一遍,我的朱丽叶安好吗?因为只要她安好,一定什么都是好好的。

鲍尔萨泽　那么她是安好的,什么都是好好的;她的身体长眠在凯普莱特家的坟茔里,她不死的灵魂和天使们在一起。我看见她下葬在她亲族的墓穴里,所以立刻飞马前来告诉您。啊,少爷!恕我带了这坏消息来,因为这是您吩咐我做的事。

罗密欧　有这样的事!命运,我诅咒你!——你知道我的住处;给我买些纸笔,雇下两匹快马,我今天晚上就要动身。

鲍尔萨泽 少爷,请您宽心一下;您的脸色惨白而仓皇,恐怕是不吉之兆。

罗密欧 胡说,你看错了。快去,把我叫你做的事赶快办好。神父没有叫你带信给我吗?

鲍尔萨泽 没有,我的好少爷。

罗密欧 算了,你去吧,把马匹雇好;我就来找你。

鲍尔萨泽下

好,朱丽叶,今晚我要睡在你的身旁。让我想个办法。啊,罪恶的念头!你会多么快钻进一个绝望者的心里!我想起了一个卖药的人,他的铺子就开设在附近,我曾经看见他穿着一身破烂的衣服,皱着眉头在那儿拣药草;他的身形十分消瘦,贫苦把他熬煎得只剩一把骨头;他的寒碜的铺子里挂着一只乌龟、一头剥制的鳄鱼,还有几张形状丑陋的鱼皮;他的架子上稀疏地散放着几只空匣子、绿色的瓦罐、一些胞囊和发霉的种子、几段包扎的麻绳，还有几片陈年的干玫瑰花，作为聊胜于无的点缀。看到他这寒酸的样子，我当时还暗自心说："在曼多亚城里，出售毒药是死罪。可倘若现在有谁需要毒药，这可怜的奴才一定会卖给他的。"啊！不料我这番想法竟会预示着我自己的需要，这个穷汉的毒药却要卖给我了。我记得这里就是他的铺子；今天是假日，所以这叫花子没有开门。喂！卖药的！

卖药人上

  卖药人 谁在高声叫喊？

  罗密欧 过来，朋友。我瞧你很穷，这是四十块钱，请你给我一点能够迅速致命的毒药，厌倦于生命的人一服下去便会散入全身的血管，立刻停止呼吸而死去，就像火药从炮膛里放射出去一样快。

卖药人　这种致命的毒药我是有的；可是曼多亚的法律严禁出售，出售的人是要被处以死刑的。

罗密欧　难道你这样穷苦，还怕死吗？饥寒的痕迹刻在你的面颊上，贫乏和迫害在你的眼睛里射出了饿火，轻蔑和卑贱重压在你的背上；这世界不是你的朋友，这世界的法律也保护不到你，没有一条法律能使你富有；那么你何必苦耐着贫穷呢？打破这法律，把这些钱收下吧。

卖药人　我的贫穷答应了你，可是那是违背我的良心的。

罗密欧　我的钱是付给你的贫穷，不是付给你的良心的。

卖药人　把这一服药放在任何饮料里喝下去，纵使你有二十个人的气力，也会立刻送命。

罗密欧　这是你的钱，那才是害人灵魂的更坏的毒药,在这万恶的世界上,它比你那些不准贩卖的微贱药品更会杀人;你没有把毒药卖给我,是我把毒药卖给了你。再见,买些吃的东西,把你自己喂得胖一点。——来,你不是毒药,你是替我解除痛苦的仙丹,我要带着你到朱丽叶的坟上去,我必须去那里用上你。

各下

第 二 场

维洛那。劳伦斯神父的寺院

约翰神父上

约翰 喂！师兄在哪里？

劳伦斯神父上

劳伦斯 这是约翰师弟的声音。欢迎你从曼多亚回来！罗密欧怎么说？要是他的意思在信里写明了，那么把他的信给我吧。

约翰 我临走的时候，因为要找一个同门的师弟做我的同伴，他正在这城里访问病人，不料给本地巡逻的人看见了，疑心我们走进了一户染着瘟疫的人家，把门封锁住了，不让我们出来，所以耽误了我的曼多亚之行。

劳伦斯　那么谁把我的信送去给罗密欧了？

约翰　我没有法子把它送出去，现在我又把它带回来了；因为他们害怕瘟疫传染，也没有人愿意把它送还给你。

劳伦斯　糟了！这封信并非等闲，内容十分重要，把它耽误下来，也许会引起极大的灾祸。约翰师弟，你快去给我找一柄铁锄，立刻带到这儿来。

约翰　好师兄，我去给你拿来。

下

劳伦斯　现在我必须独自到墓地里去；在这三小时之内，朱丽叶就会醒来，她因为罗密欧不曾知道这些事情，一定会责怪我。我现在要再写一封信到曼多亚去，让她留在我的寺院里，直等罗密欧到来。可怜的活尸,幽闭在一座死人的坟墓里!

下

第 三 场

同前。凯普莱特家坟茔所在的墓地

帕里斯及侍童携鲜花火炬上

帕里斯　　孩子,把你的火把给我;走开,站在远远的地方;还是灭了吧,我不愿给人看见。你到那边的紫杉树底下直躺下来,把你的耳朵贴着中空的地面,地下挖了许多墓穴,土是松的,要是有踉跄的脚步走到坟地上来,你准听得见;要是听见有什么声息,便吹一个呼哨通知我。把那些花给我。照我的话做去,走吧。

侍童　　[旁白]我简直不敢独自一个人站在这墓地上,可是我要硬着头皮试一下。

[退后]

帕里斯　这些鲜花替你铺盖新床;
　　　　惨啊,一朵娇红永委沙尘!
　　　　我要用沉痛的热泪淋浪,
　　　　和着香水浇溉你的芳坟;
　　　　夜夜到你墓前散花哀泣,
　　　　这一段相思啊永无消歇! [侍童吹口哨]
　　　　这孩子在警告我有人来了。哪一个该死的家伙在这晚上到这儿来,打扰我在爱人墓前的凭吊?什么!还拿着火把来吗?——让我躲在一旁看看他的动静。[退后]

罗密欧及鲍尔萨泽持火炬锹锄等上

罗密欧　把那锄头跟铁钳给我。且慢,拿着这封信;等天一亮,你就把它送给我的父亲。把火把给我。听好我的吩咐,无论你听见什么、瞧见什么,都远远地站着不许动,免得妨碍我的事情;要是动一下,我就要你的命。我之所以要跑到这个坟墓里去,一部分的原因是要探望探望我的爱人,可是主要原因却是要从她的手指上取下一个宝贵的指环,它有一个很重要的用途。所以你赶快给我走开吧;要是你不相信我的话,胆敢回来窥伺我的行动,那么,我可以对天发誓,我要把你的骨骼一节一节扯下来,让这饥饿的墓地上散满你的肢体。我现在的心绪非常狂野,比饿虎或是咆哮的怒海都要凶猛无情,你可不要惹我性起。

鲍尔萨泽　少爷,我走就是了,绝不来打扰您。

罗密欧　这才像个朋友。这些钱你拿去,愿你一生幸福。再会,好朋友。

鲍尔萨泽　[*旁白*]虽然这么说,我还是要躲在附近的地方看着他;他的脸色使我害怕,我不知道他究竟打算做出什么事来。

[退后]

罗密欧　你这无情的泥土,吞噬了世上最可爱的人儿,我要擘开你的馋吻[将墓门掘开],索性让你再吃个饱!

帕里斯　这就是那个已经放逐出去的骄横的蒙太古,他杀死了我爱人的表兄,据说她就是因为伤心于他的惨死而夭亡的。现在这家伙又要来盗尸发墓了,待我去抓住他。[上前]万恶的蒙太古!停止你罪恶的工作,难道你杀了他们还不够,还要在死人身上发泄你的仇恨吗?该死的凶徒,赶快束手就擒,跟我见官去!

罗密欧　我果然该死,所以才到这儿来。年轻人,不要激怒一个不顾死活的人,快快离开我走吧;想想这些死了的人,你也该胆寒了。年轻人,请你不要激起我的怒气,使我再犯一桩罪;啊,走吧!我可

|||以对天发誓,我爱你远过于爱我自己,因为我来此的目的,就是要跟自己作对。别留在这儿,走吧;好好留着你的性命,以后也可以对人家说,是一个疯子发了慈悲,叫你逃走的。

帕里斯 我不听你这种鬼话;你是一个罪犯,我要逮捕你。

罗密欧 你一定要激怒我吗?那么好,来,朋友!

[二人格斗]

侍童 哎哟,主啊!他们打起来了,我去叫巡逻的人来!

下

帕里斯 [倒下]啊,我死了!——你倘有几分仁慈,打开墓门来,把我放在朱丽叶的身旁吧![死]

罗密欧 好,我愿意成全你的意愿。让我瞧瞧他的脸;啊,茂丘西奥的亲戚,尊贵的帕里斯伯爵!当我们一路上骑马而来的时候,我的仆人曾经对我说过几句话,那时我因为心绪烦乱,没有听得进去;他说了些什么?好像他告诉我说,帕里斯本来预备娶朱丽叶为妻。他不是这样说的吗?还是我做过这样的梦?或者还是我神经错乱,听见他说起朱丽叶的名字,所以发生了这种幻想?啊!把你的手给我,你我都是在不幸之列的人,我要把你葬在一个辉煌的坟墓里;一个坟墓吗?啊,不!被杀害的少年,这是一个灯塔,因为朱丽叶睡在这里,她的美貌使这个墓窟变成一座充满着光明的欢宴的华堂。死了的人,躺在那儿吧,你被一个死了的人安葬了。[将帕里斯放入墓中]人们临死的时候,往往反会觉得心中愉快,旁观的人便说这是死前的一阵回光返照;啊!这也就是我的回光返照吗?啊,我的爱人!我的妻子!死虽然已经吸去了你呼吸中的芳蜜,却还没有力量摧残你的美貌；你还没有被他征服，你的嘴唇上、面庞上依然显着红润的美艳，不曾让灰白的死亡进占。提伯尔特，你也裹着你血淋淋的殓衾躺在那儿吗？啊！你的青春葬送在你仇人的手里，现在我来替你报仇了，我要亲手杀死那杀害你的人。原谅我吧，兄弟！啊！亲爱的朱丽叶，你为什么仍然这样美丽？难道那虚无的死亡、那枯瘦可憎的妖魔，也是个多情种子，所以把你藏匿在这幽暗的洞府里做他的情妇吗？为了防止这样的事情，我要永远陪伴着你，再不离开这漫漫长夜的幽宫；我要留在这儿，跟你的侍婢、那些蛆虫在一起；啊！我要在这儿永久安息下来，从我这厌倦人世的凡躯上挣脱噩运的束缚。眼睛，瞧你的最后一眼吧！手臂，做你最后一次的拥抱吧！嘴唇，啊！你呼吸的门户，用一个合法的吻，跟网罗一切的死亡订立一个永久的契约吧！来，苦味的向导，绝望的舵手，现在赶快把你厌倦于风涛的船舶向那巉岩上冲撞过去吧！为了我的爱人，我干了这一杯！〔饮药〕啊！卖药的人果然没有骗我，药性很快发作了。我就这样在这一吻中死去。〔死〕

劳伦斯神父持灯笼、锄、锹
自墓地另一端上

劳伦斯　　圣芳济保佑我！我这双老脚今天晚上怎么老是在坟堆里绊来跌去的！那边是谁？

鲍尔萨泽　是一个朋友，也是一个跟您熟识的人。

劳伦斯　　祝福你！告诉我，我的好朋友，那边是什么火把，向蛆虫和没有眼睛的骷髅浪费着它的光明？照我辨认起来，那火把亮着的地方似乎是凯普莱特家里的坟茔。

鲍尔萨泽　　正是，神父；我的主人、您的好朋友，就在那儿。

劳伦斯　　他是谁？

鲍尔萨泽　　罗密欧。

劳伦斯　　他来多久了？

鲍尔萨泽　　足足半点钟。

劳伦斯　　陪我到墓穴里去。

鲍尔萨泽　　我不敢，神父。我的主人不知道我还没有走；他曾经对我严词恐吓，说要是我留在这儿窥伺他的动静，就要把我杀死。

劳伦斯　　那么你留在这儿，让我一个人去吧。恐惧临到我的身上；啊！我怕会有什么不幸的祸事发生。

鲍尔萨泽　　当我在这株紫杉树底下睡过去的时候，我梦见我的主人跟另外一个人打架，那个人被我的主人杀了。

劳伦斯　　[趋前]罗密欧！哎哟！哎哟，这坟墓的石门上染着些什么血迹？在这安静的地方怎么横放着这两柄无主的沾满血污的刀剑？［进墓］罗密欧！啊，他的脸色这么惨白！还有谁？什么！帕里斯也躺在这儿，浑身浸在血泊里？啊！多么残酷的时辰，造成了这场凄惨的意外！那小姐醒了。［朱丽叶醒］

朱丽叶　啊，善心的神父！我的夫君呢？我记得很清楚我应当在什么地方，现在我正在这地方。我的罗密欧呢？［内喧声］

劳伦斯　我听见有什么声音。小姐，赶快离开这个密布着毒氛腐臭的死亡巢穴吧；一种我们所不能反抗的力量已经阻挠了我们的计划。来，出去吧。你的丈夫已经在你的怀中死去，帕里斯也死了。来，我可以替你找一处地方出家做尼姑。不要耽误时间盘问我，巡夜的人就要来了。来，好朱丽叶，去吧。［内喧声又起］我不敢再等下去了。

朱丽叶　去，你去吧！我不愿意走。

劳伦斯下

这是什么？一只杯子，紧紧地握在我忠心的爱人手里？我知道了，一定是毒药结果了他的生命。唉，冤家！你一起喝干了，不留下一滴给我吗？我要吻着你的嘴唇，也许这上面还留着一些毒液，可以让我在兴奋中死去。[吻罗密欧]你的嘴唇还是温暖的！

巡丁甲　[在内]孩子，带路；在哪个方向？

朱丽叶　啊，人声吗？那么我必须快一点了结。啊，好刀子！[攫住罗密欧的匕首]这就是你的鞘子；[以匕首自刺]你插了进去，让我死吧。[扑在罗密欧身上死去]

巡丁及帕里斯侍童上

侍童　就是这儿，那火把亮着的地方。

巡丁甲　地上都是血；你们几个人去把墓地四周搜查一下，看见什么人就抓起来。

若干巡丁下

好惨！伯爵尸体躺在这儿，朱丽叶胸口

流着血，身上还有热气，好像死得不久，虽然她已经葬在这里两天了。去，报告亲王，通知凯普莱特家里，再去把蒙太古家里的人也叫醒，剩下的人到各处搜搜。

若干巡丁续下

我们看见这些惨事发生在这个地方，可是在没有得到人证以前，却无法明了这些惨事的真相。

若干巡丁率鲍尔萨泽上

巡丁乙	这是罗密欧的仆人；我们看见他躲在墓地里。
巡丁甲	把他好生看押起来，等亲王来审问。

若干巡丁率劳伦斯神父上

巡丁丙	我们看见这个教士从墓地旁边跑出来，神色慌张，一边叹气一边流泪，他手里还拿着锄头铁锹，都给我们拿下来了。
巡丁甲	他有很重大的嫌疑；把这教士也看押起来。

亲王及侍从上

  亲王 什么祸事这样早发生,打断了我清晨的安睡?

凯普莱特、凯普莱特夫人及

余人等上

  凯普莱特 外边这样乱叫乱喊是怎么一回事?

  凯普莱特夫人 街上的人们有的喊着罗密欧,有的喊着朱丽叶,有的喊着帕里斯;大家沸沸扬扬地向我们家里的坟上奔去。

  亲王 这许多人为什么发出这样惊人的叫喊?

  巡丁甲 王爷,帕里斯伯爵被人杀死了躺在这儿;罗密欧也死了;已经死了两天的朱丽叶身上还热着,又被人杀死了。

  亲王 用心搜寻,把这场万恶的杀人命案的真相调查出来。

  巡丁甲 这儿有一个教士,还有一个被杀的罗密欧的仆人,他们都拿着掘墓的器具。

  凯普莱特 天啊!——啊,妻子!瞧我们的女儿流了这么多的血!这把刀插错位置了!

	瞧,它的空鞘子还在蒙太古家小子的背上,它却插进了我女儿的胸前!
凯普莱特夫人	哎哟!这些死亡的惨象就像惊心动魄的钟声,警告我已风烛残年,快要不久于人世了。

蒙太古及余人等上

亲王	来,蒙太古,你起来很早,可是你的儿子倒下得更早。
蒙太古	唉!殿下,我的妻子因为悲伤于小儿的远逐,已经在昨天晚上去世了;还有什么祸事要来跟我这老头子作对呢?
亲王	瞧吧,你就可以看见。
蒙太古	啊,你这不孝的东西!你怎么可以抢在你父亲的前面,自己先钻到坟墓里去呢?
亲王	暂时停止你们的悲恸,让我把这些可疑的事实审问明白,知道了详细的原委以后,再来领导你们放声一哭吧;也许我的悲哀要远远胜过你们呢!——把

嫌疑犯带上来。

劳伦斯　时间和地点都可以做不利于我的证人；在这场悲惨的血案中，我虽然是能力最薄弱的人，但却是嫌疑最重的人。我现在站在殿下的面前，一方面要供认我自己的罪过，一方面也要为我自己辩解。

亲王　那么快把你所知道的一切说出来。

劳伦斯　我要把经过的情形尽量简单地叙述出来，因为我短促的残生还不及述说一桩冗繁的故事。死了的罗密欧是死了的朱丽叶的丈夫，朱丽叶是罗密欧忠心的妻子，他们的婚礼是由我主持的。就在他们秘密结婚的那天，提伯尔特死于非命，这位才做新郎的人也从这城里被放逐出去；朱丽叶是为了他，不是为了提伯尔特，才那样伤心憔悴的。你们因为要替她解除烦恼，把她许婚给帕里斯伯爵，还要强迫她嫁给他，她就跑来见我,神色慌张地要我替她想个办法避免这第二次的结婚,否则她要在我的寺院里自杀。所以我就根据我医药方面的学识,给了她一服安眠的药水;它果然产生了我所预期的效力,她一服下去就像死了一样昏沉过去。同时我写信给罗密欧,叫他就在这个悲惨的晚上到这儿来,帮助把她搬出她寄寓的坟墓,因为药性一到时候便会过去。可是替我带信的约翰神父却因遭到意外不能脱身,昨天晚上才把我的信原样不动地带了回来。那时我只好按照预先算定她醒来的时间,一个人前去把她从她家族的墓茔里带出来,预备把她藏匿在我的寺院里,等方便时再去叫罗密欧来;不料我在她醒来前几分钟到这儿来的时候,尊贵的帕里斯和忠诚的罗密欧已经双双惨死。她一醒过来,我就请她出去,劝她

　　　　　安心忍受这等出自天意的变故；可是那时我听见了纷纷人声，吓得逃出了墓穴，她在万分绝望之中不肯跟我离去，看样子她是自杀了。这是我所知道的一切，至于他们两人的婚姻，她的乳母也是知情的。要是这一场不幸的惨祸是由于我的疏忽所造成的，那么我这条老命愿受最严厉的法律制裁，请您让它提早了结吧。

亲王　　我一向知道你是一个道行高尚的人。罗密欧的仆人呢？他有什么话说？

鲍尔萨泽　我把朱丽叶的死讯通知了我的主人，因此他从曼多亚急急地赶到这里，到了这座坟堂的前面。这封信他叫我一早送去给我家老爷；当他走进墓穴里的时候，他还恐吓我，说要是我不离开他，赶快走开，他就要杀死我。

亲王　　把那封信给我，我要看看。叫巡丁来的那个伯爵的侍童呢？喂，你的主人到这地方来做什么？

侍童 他带了花来撒在他夫人的坟上，他叫我站得远远的，我就听他的话；不一会儿工夫，来了一个拿着火把的人把坟墓打开了。后来我的主人就拔剑跟他打了起来，我就奔去叫巡丁。

亲王 这封信证实了这个神父的话，讲起他们恋爱的经过和她去世的消息；他还说他从一个穷苦的卖药人手里买到一种毒药，要把它带到墓穴里来，准备和朱丽叶长眠在一起。这两家仇人在哪里？——凯普莱特！蒙太古！瞧你们的仇恨已经得到了多大的惩罚，上天借手于爱情，夺去了你们心爱的人；我因为忽视你们的争执，也已经丧失了一双亲眷，大家都受到惩罚了。

凯普莱特 啊，蒙太古大哥！把你的手给我；这就是你给我女儿的一份聘礼，我不敢再做更大的要求了。

蒙太古　但是我可以给你更多的；我要用纯金替她铸一座像，只要维洛那一天不改变它的名称，任何塑像都不会比忠贞的朱丽叶那一座更为卓越。

凯普莱特　罗密欧也要有一座同样富丽的金像卧在他情人的身旁，这两个在我们的仇恨下惨遭牺牲的可怜的人儿！

亲王　清晨带来了凄凉的和解，
太阳也惨得在云中躲闪。
大家先回去发几声感慨，
该恕的、该罚的再听宣判。
古往今来多少离合悲欢，
谁曾见这样的哀怨辛酸！

　　　　　　　　　　　　　　同下

注 释

① (shoemaker should meddle with his yard and the tailor with his last, the fisher with his pencil and the painter with his nets.) 此处原文出现的场景，正是在凯普莱特、帕里斯下台，仆人这个角色作为"小丑"的身份，在台上独自表演的片段。他的作用就是为了串联人物的上下场。一般这种"小丑"的角色常会说一些令人发笑的言论。正如此时，他盯着手中去寻人的单子，胡乱地表达着各司其职的重要性，来阐明这种按着单子找人的差事完全超出了他的能力范围，需要请教"博学之人"来帮助他看看上面的字。以此来引出即将上场的两位年轻人。

② 收获节（Lammas），英国传统节日，庆祝丰收的喜悦，感谢大自然恩惠。

③ 厄科(Echo)，希腊神话中的山林女神，非常爱说话，被施法只能重复别人话语的最后几个字，后又因喜欢美少年那西索斯(Narcissus)未果而身形渐消，郁郁而终，只剩回声在山间回荡。

④ 彼特拉克(Petrarch)，十四世纪意大利诗人，作品多为歌颂其爱人罗拉(Laura)，是伊丽莎白时期写情诗的典范。

⑤ 狄多（Dido），古代迦太基女王，热恋特洛伊英雄埃涅阿斯（Aeneas），后埃涅阿斯为肩负自身使命选择乘船离开，狄多为此心碎自杀。

⑥ 克莉奥佩特拉（Cleopatra），埃及女王，喜欢安东尼（Anthony），兵败后自杀。

⑦ 两者都是希腊神话中的女性。海伦（Helen）与特洛伊王子帕里斯（Paris）私奔，引发了长达十年的特洛伊战争；希罗（Hero）与里昂德（Leander）相恋，对方每晚都会游过赫勒斯滂海峡（Hellespont）与其相会，但因一次暴风雨而溺死在湍流中。

⑧ 皮拉摩斯（Pyramus）和其恋人提斯柏（Thisbe）的故事见奥维德《变形记》第四章。

⑨ 迷迭香（Rosmary），此处译者用了音译处理。迷迭香花语有相思纪念之意，是婚礼或葬礼常用之花。

⑩ 乳媪是文盲，她并不了解真正的单词拼写，从发音来说，她觉得"R"听起来跟狗吠（arr）有些像。所以自然与"狗"联想起来了。

⑪ 法厄同（Phaethon），希腊神话中太阳神的儿子，曾为其父驾驭太阳马车，不能控制其马脱离轨道而被宙斯用雷电击落。故事见奥维德《变形记》。

⑫ 安吉丽加是凯普莱特夫人的名字。